ポケット版

考える力を育てるお話100

名作・伝記から自然のふしぎまで

PHP

はじめに

この本は、大好評の『考える力を育てるお話366』の中から、スタンダードで、特に人気が高いお話を百話、厳選の上、再編集してまとめたものです。昔話はもちろん、世界の名作、科学のお話など、幅広い分野のお話をギュッとつめこみ、お子さまが楽しみながら、さまざまなジャンルのお話に親しめるつくりとなっています。

サイズは、小さく便利なポケット版で、おうちでの読み聞かせはもちろん、お出かけ先への持ち運びにも最適です。

お話は、個人差はありますが、ひと見開きのものなら二分ほど、ふた見開きのものなら三〜四分ほどで読めるものです。

最初のお話から順番に読んだり、お子さまが好きなお話から読んだり、気に入ったイラストのお話から読んだりと、好きなようにお読みください。

科学や古典、伝記など、お話の中には、まだお子さまにはむずかしいと思われるものもあるかもしれません。

しかしながら、お子さまの年齢やお話の内容などにこだわりなく、読んでみていただくことをおすすめします。

子どもは、言葉や意味がわからなくても、なにに興味を持つかわかりません。意外な言葉や場面にひかれて、何度もその場面を読んでほしいとせがまれることもあるでしょう。そのようなお子さまの、新たな出会いの瞬間を親子でお楽しみください。

この本が、お子さまの新しい興味をひきだし、可能性を広げるきっかけになれば、幸いです。

親子で会話を楽しみながら、とっておきの時間をお過ごしください。

もくじ

2章 素直な心が育つ 日本の昔話

桃

3章 冒険心を育む 世界の昔話

4章　生きる知恵を学ぶ　日本と世界の名作

5章　探究心がのびる　科学のお話

お話を読む前に

お話をより楽しむための要素が盛りだくさんです。ぜひご活用ください。

各章のテーマ

テーマごとに、5つの章に分けています。

顔マーク

1〜4章には、「たのしい」や「かなしい」など、お話選びの目安に使えるマークをつけています。

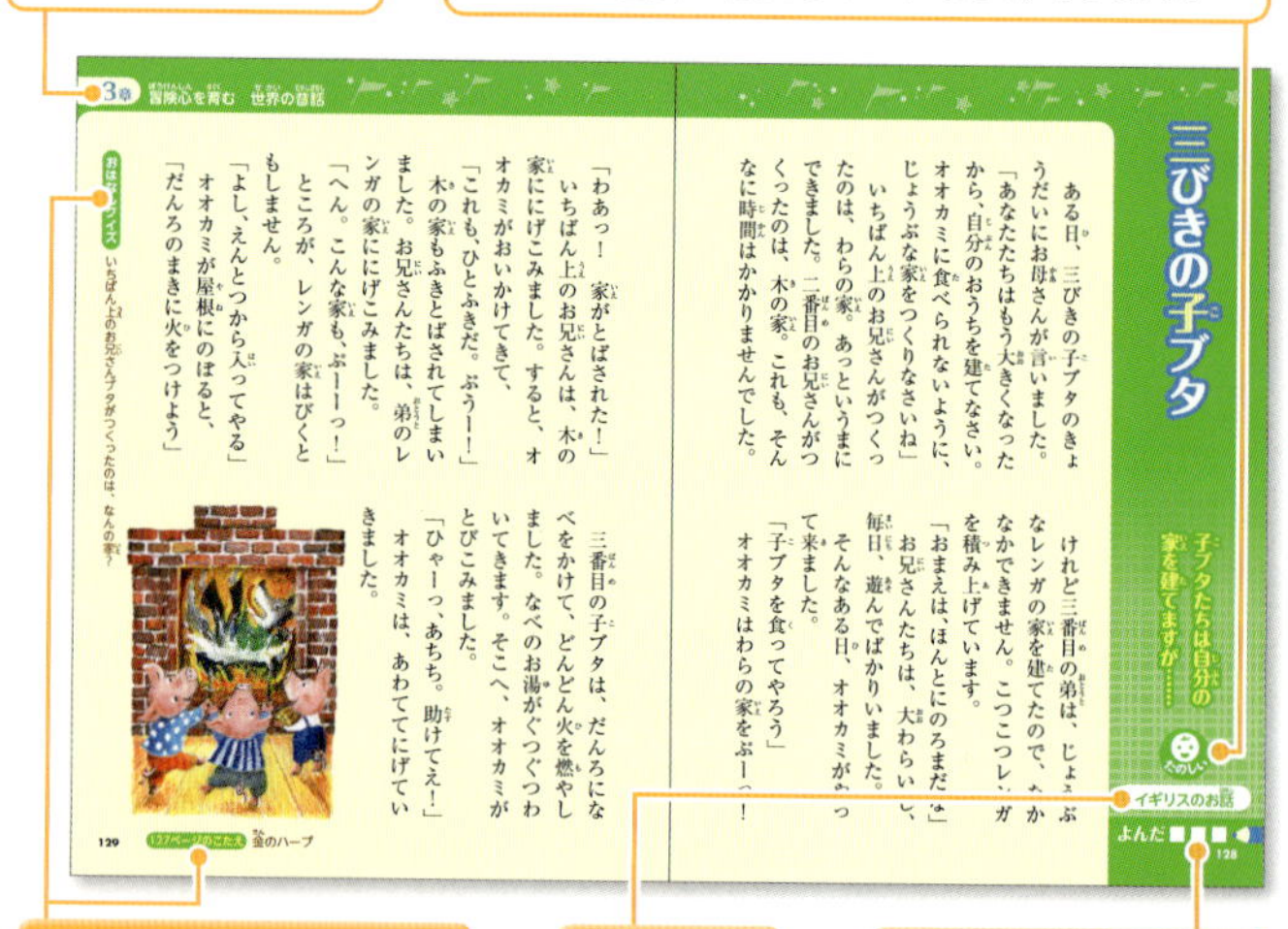

三びきの子ブタ

子ブタたちは自分の家を建てますが……

たのしい

イギリスのお話

よんだ

128

ある日、三びきの子ブタのきょうだいにお母さんが言いました。

「あなたたちはもう大きくなったから、自分のおうちを建てなさい。オオカミに食べられないように、じょうぶな家をつくりなさいね」

いちばん上のお兄さんがつくったのは、わらの家。あっというまにできました。二番目のお兄さんがつくったのは、木の家。これも、そんなに時間はかかりませんでした。

けれど三番目の弟は、じょうぶなレンガの家を建てたので、なかなかできません。こつこつレンガを積み上げています。

「おまえは、ほんとにのろまだね」

お兄さんたちは、大わらいし、毎日、遊んでばかりいました。

そんなある日、オオカミがやって来ました。

「子ブタを食ってやろう」

オオカミはわらの家をぶーっ！

3章 冒険心を育む 世界の昔話

「わあっ！ 家がとばされた！」

いちばん上のお兄さんは、木の家ににげこみました。すると、オオカミがおいかけてきて、

「これも、ひとふきだ。ぶうーー！」

木の家もふきとばされてしまいました。お兄さんたちは、弟のレンガの家ににげこみました。

「へん。こんな家も、ぶーーっ！」

ところが、レンガの家はびくともしません。

「よし、えんとつから入ってやる」

オオカミが屋根にのぼると、

「だんろのまきに火をつけよう」

三番目の子ブタは、だんろになべをかけて、どんどん火を燃やしました。なべのお湯がぐつぐつわいてきます。そこへ、オオカミがとびこみました。

「ひゃーっ、あちち。助けてえ！」

オオカミは、あわててにげていきました。

おはなしクイズ いちばん上のお兄さんブタがつくったのは、なんの家？

129 127ページのこたえ 金のハープ

おはなしクイズ・こたえ

お話に関するクイズです。こたえは、つぎのお話の2ページ目（最後の285ページのみ、同じページ内）にあります。

ジャンル

お話の種類がわかります。

「よんだ」チェック

読んだお話には、チェックを入れましょう。

4章の、作者があるお話には、タイトルのそばに作者名を入れています。

お話をもっと楽しむために

各章の章末には、お話に出てくる道具の紹介など、お話にまつわる豆知識のページがあります。

1章

夢がふくらむ世界の童話

人魚ひめ

人魚ひめは声とひきかえに人間になり……

かなしい

アンデルセン童話

深い海の底にある人魚の国に六人のひめがいて、十五歳になると、人間の世界を見ることがゆるされていました。いちばん下のひめにも、ついに、その日が来ました。

わくわくしながら海の上へ行くと、船で、王子さまの誕生日パーティーが開かれていました。と、そこに、あらしがやってきたのです。王子さまは海に投げ出されてしまいました。

ひめは、気をうしなっている王子さまを砂浜に上げて見守っていましたが、女の人が通りかかったので、ほっとして人魚の国へ帰りました。

人魚の国に帰ったひめは、どうしても王子さまのことがわすれられず、海の魔女のところへ行きました。

「もう一度、王子さまに会いたいのです。人間になる薬をください」

「薬はおまえの美しい声とひきかえだ。人間になれてもしゃべれないぞ。しっぽを足にかえると、ナイフの上を歩くように痛いぞ。もし王子と結婚できなかったら、海のあわとなり消える。それでもよいか？」

魔女の言葉に、ひめはガタガタとふるえましたが、気持ちはかわりませんでした。薬を飲んだひめは、あまりの痛さに、浜辺で気をうしなってしまいました。

気がつくと、目の前に王子さまが。王子さまは、ひめをお城につれて帰り、妹のようにかわいがってくれました。

やがて、王子さまが結婚することになりました。相手は、となりの国のおひめさま。あのとき、砂浜を通りかかった女の人だったのです。

「わたしを助けてくれた人だよ」

王子さまが、うれしそうに話します。

（助けたのはわたくしなんです）

と、ひめは心の中でさけびましたが、王子さまには聞こえません。

船の上で、結婚パーティーが開か

れました。

（あした、海のあわになるのね）

夜おそく、船べりで海を見つめていると、ひめのお姉さんたちが魔女のナイフを持ってきました。そのナイフで王子をころし、王子の血を自分の足にぬれば、人魚にもどれるというのです。ひめは王子さまの寝室へ行きました。でも、どうしてもできません。

（王子さま、さようなら）

ナイフを海に投げすて、暗い海にとびこむと、ひめのからだがとけだしました。すると、どこからか、すんだ声が聞こえてきました。

「あなたは空気の精になったのですよ。これからは、世界中の恋人たちを見守ってあげなさい」

ひめは、空高くのぼっていきました。

おはなしクイズ
人魚ひめは、人間になる薬をだれにもらった？

ラプンツェル

少女が長いかみの毛を塔からたらすと……

グリム童話

よんだ■■■

もうすぐ子どもがうまれる夫婦がいました。妻は魔女が住む家の庭に生えているノヂシャ（ラプンツェルともいわれる野菜）を、食べたくてたまりません。そこで、夫がこっそりノヂシャをとっていると、魔女に見つかりました。わけを話すと、魔女は言いました。

「ノヂシャはやろう。だが、うまれた子どもはわたしがもらうぞ」

夫はおそろしさのあまり、魔女の言葉にうなずいてしまいました。

うまれた女の子は魔女につれていかれ、ラプンツェルと名づけられました。魔女は、ラプンツェルが成長すると、森の中の高い塔に閉じこめました。

魔女が塔に入るときは、「ラプンツェル、かみの毛をたらしておくれ」と下からよびかけます。そして、塔の上からたらしてもらった、ラプンツェルの長いかみの毛をのぼるのでした。

ある日、森に来た王子さまが、ラプンツェルを見てとても好きになり、魔女のまねをして、塔にのぼりました。

ラプンツェルも、王子さまを好きになりましたが、魔女に見つかってしまいました。おこった魔女は、二度と王子さまに会えないように、ラプンツェルを遠い荒野においやりました。

それを知った王子さまは、塔からとびおり、いばらのとげがささって、目が見えなくなりました。 

王子さまは、森や荒野をさまよいつづけ、ついにラプンツェルと再会します。ラプンツェルのなみだが王子さまの目に落ちると、目はたちまち見えるようになりました。ふたりは王子さまの国で、末長く幸せにくらしました。

おはなしクイズ
魔女が塔にのぼるとき、ラプンツェルが下へたらしていたものはなに？

15ページのこたえ 海の魔女

町のネズミといなかのネズミ

いなかのネズミが、町へ遊びに行くと……

イソップ童話

よんだ■■■

町に住んでいるネズミが、いなかに住むネズミのところへ、遊びに来ました。

「やあ、いらっしゃい。とれたてのトウモロコシや、大麦でもどう？」

いなかのネズミは、農家の納屋につんである、食べものでもてなしました。すると、町のネズミが言いました。

「きみ、こんなものを食べているのかい？　町ではおいしいチーズやパン、ごちそうが食べほうだいだよ。きみもおいでよ」

しばらくたって、いなかのネズミは、町へ遊びに行きました。町のネズミは、お屋敷の台所に案内してくれました。

「さあ、好きなだけ食べてくれたまえ」

本当に、チーズやパン、ごちそうがいっぱいです。

「うわあ！ こんなごちそう、見たことないよ」

　いなかのネズミが口を開けた、そのときです。

「きゃー！ ネズミよ、ネズミ！」

　お屋敷のお手伝いさんが、ほうきを持っておいかけてきました。

　いなかのネズミは、大あわて。やっとのことでにげきると、町のネズミが言うのです。

「こんなことでおどろいていたら、町ではくらせないよ。さあ、もう一度行こう」

「もういいよ。ぼくはごちそうじゃなくても、いなかでのんびりごはんを食べるほうがいい」

　いなかのネズミはそう言うと、いなかに帰っていきました。

　なにがいちばんよいのかは、人それぞれで、全然ちがうというわけです。

おはなしクイズ
いなかのネズミが食べているものは、とれたてのなに？ ①ケーキ ②米 ③トウモロコシ

17ページのこたえ　(長い) かみの毛

白雪ひめ

白雪ひめは、毒りんごを食べてしまい……

たのしい

グリム童話

昔、あるお城に、雪のように色の白い、かわいいおひめさまがうまれました。ところが、母親のおきさきさまは、すぐに病気で亡くなってしまいました。

王さまが新しくむかえたおきさきは、自分が世の中でいちばん美しいと思っていました。おきさきは、魔法の鏡を持っていて、いつもこう聞くのです。

「鏡よ、鏡。この世でいちばん美しいのはだれ？」

すると、魔法の鏡がこたえます。

「おきさきさま。あなたがいちばん美しい」

これを聞くと、おきさきは安心しました。鏡は絶対にうそをつかないことを知っているからです。

何年かたち、白雪ひめと名づけられたおひめさまは、かがやくほど美しく成長しました。

そんなある日、魔法の鏡が言い

よんだ □□□

ました。

「いちばん美しいのは、白雪ひめです」

　おきさきはくやしくなり、狩人をよんで言いつけました。

「白雪ひめを、森の中でころしておしまい」

　けれど、心のやさしい狩人は、白雪ひめをそっと森のおくへにがしてあげたのです。森には七人のこびとが住んでいて、白雪ひめはそこで楽しくくらしはじめました。

　しばらくして、おきさきがまた鏡に聞きました。すると、

19ページのこたえ　③トウモロコシ

「こびとの家にいる白雪ひめが、いちばん美しい」

「なにい！　白雪ひめは生きているんだね」

おこったおきさきは、りんご売りのおばあさんに化けると、毒りんごを持って、こびとの家に行きました。

「さあ、おいしいりんごをどうぞ」

「まあ、おいしそうなりんご」

りんごをかじったとたん、白雪ひめはばったりとたおれてしまいました。仕事から帰ってきたこびとたちはびっくり。

「白雪ひめが、死んでしまった……」

　そして、おんおん泣きながら、ガラスのひつぎに白雪ひめをねかせました。そこへ、となりの国の王子さまが通りかかりました。

「なんて美しいおひめさまだろう」

　王子さまは思わず、白雪ひめにキスをしました。すると、白雪ひめの口から、毒りんごのかけらがとび出し、白雪ひめは生き返ったのです。

　やがてふたりは結婚して、いつまでも幸せにくらしました。

おはなしクイズ
白雪ひめが森の中でいっしょにくらしていたこびとは、何人？　①五人　②六人　③七人

ウサギとカメ

ウサギとカメの勝負、勝つのはどっち?

ためになる

イソップ童話

よんだ ■■■

カメがのんびり歩いていると、ウサギがやってきました。

「カメさんは歩くのがおそいねえ」

カメは言い返しました。

「でもさ、競走したら、ぼくのほうが勝つかもしれないよ」

ウサギはむっとしました。カメに負けるはずがありません。

「よし、やろう」

ウサギとカメは、野原をこえて、向こうの丘までかけっこをすることになりました。

よーい、ドン!

ウサギは、あっというまに走っていってしまいました。カメは、のそのそと歩いていきます。

ウサギは野原に着いて、ふり返りましたが、カメのすがたはどこにも見えません。

「これなら、楽に勝てそうだ。どれ、ここらでひと休みするか」

空にはお日さまがかがやき、ぽ

かぽか天気。ウサギは野原で、ぐっすりねこんでしまいました。

　カメは休まずに歩きつづけ、野原でねているウサギにも気がつかず、おいぬいていきました。

　お日さまがかたむいたころ、ウサギはやっと目を覚ましました。

「しまった！」

　大あわてで丘まで走っていくと、そこでカメが待っていました。

「やっぱり、ぼくが勝ったね」

　カメは、うれしそうにわらいました。

　ウサギは「しまった！」と、がっくりうなだれました。

　いくら才能があっても、ゆだんをすると、こつこつと努力するものには負けることがあるということですね。

おはなしクイズ
ウサギとカメは、なにで勝負をした？
①かけっこ　②すもう　③じゃんけん

23ページのこたえ　③七人

カエルの王子さま

おひめさまとカエルは約束をしましたが……

グリム童話

よんだ□□□

　ある夏の日。おひめさまが金のまりを投げて遊んでいると、まりが転がっていずみに落ちてしまいました。おひめさまがしくしく泣いていると、

「どうして泣いているの？」

　カエルが出てきて言いました。

「まりが、落ちてしまったの」

「わたしがとってきてあげましょう。そのかわり、友だちになってくれますか。あなたのとなりで食事をして、あなたのベッドでねむらせてくれますか？」

「ええ、いいわ。約束します」

それを聞くと、カエルは水にもぐって金のまりをとってきました。ところが、おひめさまはまりを受けとると、ひとりで走って帰ってしまいました。カエルとなんて、友だちになりたくなかったからです。

つぎの日、食事をしているときに、カエルがやってきました。

「おひめさま、約束をわすれたのですか」

わけを聞いた王さまは、おひめさまに言いました。

「約束は、かならず守りなさい」

おひめさまはしぶしぶカエルをとなりにすわらせて、いっしょに食事をしました。そして、自分の部屋につれていきました。

「ベッドに入らせておくれ」

おひめさまはがまんができなくなって、カエルをかべにたたきつけました。すると、カエルは王子さまになったのです。

「わたしは魔法をかけられて、カエルにされていたのです」

おひめさまは、びっくりしました。そして、ふたりは仲よくなって幸せにくらしました。

おはなしクイズ
おひめさまがいずみに落としたものはなに？　①おむすび　②金のおの　③金のまり

25ページのこたえ　①かけっこ

白ばらと紅ばら

こびとを助けた白ばらと紅ばらですが……

たのしい

グリム童話

よんだ □□□

森の中の小さな家に、仲のよい姉と妹が住んでいました。姉は白ばら、妹は紅ばらといいました。

寒い夜、だれかがドアをたたいたので、紅ばらがドアを開けると、大きなクマが立っていました。

「寒くてこごえてしまいそうです。火にあたらせてくれませんか」

やさしい姉妹は、クマを家の中に入れ、温かい食べものをつくってあげました。その日からクマは、ふたりと仲よくなりました。

雪もとけ、あたたかくなったころ、クマが言いました。

「ぼくは遠くへ行かなければならなくなりました。ふたりのご親切は、けっしてわすれません」

クマは去っていきました。

それから何日かがたち、姉と妹は森へたきぎを拾いに行きました。そして、木のわれ目に長いひげがはさまってもがいているこびとを助けました。そのあとも、こびとが川の中で動けなくなっているのを助け、ワシにさらわれそうになっているのを助けたのに、こびとは喜ぶどころか、おこりだして、金貨や宝石の入ったふくろをかかえ、ふたりをにらみつけました。

そのとき、あのクマがあらわれて、こびとを前足でけとばし、やっつけたのです。すると、クマの毛皮がぬけおち、中からりりしい王子さまがあらわれました。

「こびとに魔法をかけられて、クマにかえられていたのです。おかげで魔法がとけました」

王子さまは、ふたりの手をとり、にっこりほほえみました。

やがて、白ばらは王子さまと、紅ばらは王子さまの弟と結婚して、いつまでも幸せにくらしました。

おはなしクイズ 王子さまに、クマになる魔法をかけたのはだれ？

27ページのこたえ ③金のまり

ライオンとネズミ

ネズミがライオンにした恩返しとは？

さめになる

イソップ童話

　ライオンが、森の中でひるねをしていました。

　すると、ネズミがちょろちょろ走ってきて、ライオンのからだにぶつかりました。

　ぱちり、目を覚ましたライオンは、ネズミを前足でぎゅっとおさえつけました。

「ええい。ひるねのじゃまをしおって。食べてしまうぞ」

　ネズミは、ぶるぶるふるえながら言いました。

「ごめんなさい。助けてくれたら、きっと、恩返しをしますから……」

　ライオンは大わらい。

「おまえみたいなちびすけが、このおれさまに、どんな恩返しをするんだ。まっ、おまえを食べても、はらのたしにはならん」

　そう言って、ライオンはネズミをにがしてやりました。

　それからしばらくして、ライオ

ンは猟師のしかけたわなにかかってしまいました。あばれてみても、にげることはできません。そこへ、ネズミがやってきました。

「ライオンさん。助けに来ました」

そう言うと、ネズミはわなをかじりだしました。カリカリ、カリカリ……。そして、とうとうライオンを助けたのです。

「ライオンさん、ちびすけのネズミだって、ちゃんと恩返しができたでしょ」

「あ、ありがとう」

大きくて強いライオンが、よわよわしい声で言いました。

からだの大きさや力の強さだけが、すべてではないということですね。

おはなしクイズ

ライオンを助けたのは、だれ？ ①アリ ②ネズミ ③ネコ

29ページのこたえ こびと

雪の女王

雪の女王と去った友だちをさがして……

アンデルセン童話

よんだ□□□

昔、悪魔が悪いものばかり見える鏡をつくりました。

悪魔は、できた鏡を天使に見せようと、天に向かいましたが、もうじき天に着くというところで、鏡から手をはなしてしまいました。鏡は、こなごなにわれながら、地上に落ちていきました。

そのころ、地上では、仲よしのゲルダとカイが、庭でバラの花を見ていました。

「痛い！」

カイがさけびました。目には見えない悪魔の鏡のかけらが、カイの目に入ったのです。

「だいじょうぶ？　カイちゃん」

ゲルダが聞きましたが……。

「うるさい！」

カイは、冷たく言いはなつと走

りだし、ゲルダの前からすがたを消してしまいました。

ゲルダはカイの帰りを待ちましたが、カイはもどってきません。

「カイちゃんを、さがしに行こう」

ゲルダは、人びとにカイのいるところをたずねました。

「雪の女王といっしょだったよ」

ゲルダは北へ歩き、だれかに会うたび、カイのことを聞きました。

「その子なら、おひめさまと結婚して、王子さまになっているよ」

ゲルダは、町はずれにあるお城に入っていきました。おくの部屋に、王子がねむっています。

「ああ、カイちゃん」

ゲルダがよぶと、王子は目を覚ましましたが、王子はカイではありませんでした。

ゲルダから話を聞いた王子は、馬車を用意してくれました。

「あきらめないで……」

ゲルダはまた出発しました。

でも、今度は、山賊につかまってしまいました。

「いい馬車だ！　金を出せ！」

「やめて！　らんぼうしないで」

それを見ていた山賊のむすめが、

31ページのこたえ　②ネズミ

ゲルダを助けてくれました。

「ありがとう……」

ゲルダは、むすめにカイの話をしました。

「北の女の家に行けば、なにかわかるかもしれない」

むすめはゲルダをトナカイに乗せ、北の女の家にむかわせました。

すると、女が言いました。

「そういえば、雪の女王のお城に男の子がいる。でも、男の子は、なにもかも、わすれてしまっているらしいから、あなたがだれだか、わからないかもしれないよ」

でも、ゲルダは言いました。

「行きます。カイちゃんに会いたいの……」

ゲルダは、北へ北へと進みつづけ、とうとう、雪の女王のお城にたどり着きました。

ひどく冷たい、はげしい吹雪が、ゲルダにおそいかかります。

「どんなに冷たくされても、わたしの心はこおらないわ！」

ゲルダは、お城の中に入っていき、カイちゃんを見つけました。

「カイちゃん、見つけたわ。会いたかった！」

ゲルダは、カイにとびつきます。

「きみは、だれ？」

そうたずねるカイの肩を、ゲルダは強く強くゆさぶりました。

「わたしよ！ ゲルダよ！」

ゲルダの目から、なみだがあふれ、カイのからだに落ちました。

すると、カイの目から、悪魔の鏡のかけらが落ち、カイがさけびました。

「ゲルダ！ ぼくはここで、なにをしていたんだろう」

ふたりは、手をつなぎ、仲よくお城から出ていきました。

おはなしクイズ

昔をわすれてしまったカイは、ゲルダのなにがきっかけで、もとにもどった？

マッチ売りの少女

寒い雪の日、女の子がマッチをすると……

かなしい

アンデルセン童話

よんだ■■■

雪のふる、寒い夕ぐれのことでした。まずしい身なりの女の子が、通りでマッチを売っていました。

女の子のはだしの足は、氷のように冷えきっています。古いエプロンのポケットにたくさんのマッチを入れ、手にもひとたば、にぎりしめていました。

でも、だれもマッチを買ってはくれません。女の子は、おなかをすかせて、ぶるぶるふるえました。

どの家の窓からもあかりがもれて、ガチョウを焼くいいにおいが、通りまでただよって来ます。今日は大みそかだったのです。

家と家のあいだのすみっこに、女の子はしゃがみこみました。寒さはつのるばかりですが、家に帰りたくはありません。マッチが売れなければ、きっとお父さんにぶたれるでしょう。それに、女の子の家だって、ひゅうひゅう風が吹きこんで、寒いのは同じことでした。

　小さい手は、すっかりこごえていました。シュッ！　寒さにたえかねて、女の子はマッチを一本すりました。

　ああ、あたたかい！　まるで、大きな鉄のストーブにあたっているようでした。けれど、すぐにマッチは燃えつきて、鉄のストーブは消えてしまいました。

　もう一本、マッチをすりました。光の中に部屋が見えました。白いテーブルかけに、りっぱな食器。焼いたガチョウが、ほかほかと湯気を立てています。なんと、ガチョウはフォークとナイフをさしたまま、テーブルからとびおりて、女の子のほうへよちよち歩いて来るではありませんか。そのとき、マッチが消えました。残ったのは、冷たいかべだけでした。

　もう一本マッチをすると、大きなクリスマスツリーがあらわれま

35ページのこたえ　なみだ

した。何千ものろうそくが枝にともり、色とりどりの美しい絵も、ならんでいます。両手をさしのべたとき、マッチは消え、ろうそくは空にのぼって、天の星になりました。その中のひとつは、長い炎の尾をひいて落ちました。

「今、だれかが死んだんだわ！」

今はもういない、大好きなおばあさんから、「星がひとつ流れるとき、魂がひとつ、天に召されるのよ」と、聞いていたのです。

女の子は、もう一本、マッチをつけました。あたりはぱっと明るくなり、光の中におばあさんが立っていました。なんてやさしく、幸せそうにかがやいているのでしょう。

「おばあさん、わたしもつれていって！　マッチが消えたら、おばあさんも行ってしまうの？」

女の子は、ありったけのマッチをすりました。おばあさんをひきとめておきたかったのです。

炎はまばゆく燃え、おばあさんは、見たこともないほど大きく、美しくなりました。そして、女の子をだきしめると、高くのぼって

いきました。女の子は、神さまのもとへ召されたのです。

つぎの朝、家のあいだのすみっこに、小さい女の子が、ほほをそめ、ほほえみをうかべてたおれていました。大みそかの晩に、こごえ死んだのです。

小さな手には、燃えつきたマッチのたばが、大切そうににぎられていました。

「あたたまろうとしたんだな」

人びとは言いました。

けれど、女の子がどんなに美しいものを見たのか、どんな光の中を、おばあさんといっしょに天にのぼって行ったのか、だれも知らないのでした。

おはなしクイズ
大みそかの夜、女の子を天国からむかえに来たのはだれ？

はだかの王さま

おろかものには見えない服!?

たのしい

アンデルセン童話

よんだ■■■

ある国に、おしゃれが大好きな王さまがいました。一日に何回も服を着がえて、楽しんでいました。

ある日、ふたりの男がやってきて、言いました。

「美しい布を織り、それで服をつくりますが、おろかなものには見えないふしぎな服なのです」

「ほう、ぜひつくってほしい」

王さまは大金をあたえ、お城で布を織らせることに。でも、ふたりは大うそつきで、はたらいているふりをしていただけでした。

王さまは、家来たちを仕事場に見に行かせました。家来たちは、布が見えずびっくり。おろかな人間ということになるのがいやな家来たちは、王さまに言いました。

「とてもすばらしい布です」

どの家来もほめちぎるので、王さまも、見たくてしかたありません。こっそりのぞきに行きました。

けれど、なにも見えません。

「ほほーっ、なんと見事な布じゃ」

王さまもうそをつきました。

やがて、服ができあがり、ふたりのうそつきは、王さまに見えない服をさし出しました。

その服を着てパレードに出かけることになり、うそつきたちは、王さまに服を着せるふりをします。

王さまは、町に出かけていきました。町の人たちも、本当のことは言えません。

でも、ひとりの子どもが、目をまるくして、言いました。


「王さまは、はだかだ。なにも着ていないよ」

王さまはやっと、だまされたことに気づきましたが、うそつきたちは、とっくににげていってしまい、王さまははだかで、パレードをつづけるしかありませんでした。

おはなしクイズ
王さまを町で見て、本当のことを言ったのはだれ？
①子ども ②うそつきたち ③家来

39ページのこたえ おばあさん

赤ずきん

赤ずきんがおばあさんに会いに行くと……

こわい

グリム童話

よんだ ■■■

あるところに、真っ赤なずきんをかぶった、とてもかわいい女の子がいました。みんなから、「赤ずきん」とよばれていました。

ある朝、お母さんが言いました。

「赤ずきんや、おばあさんがご病気だから、おみまいに、おかしとぶどう酒を持っていっておくれ。より道せずに行きなさい」

「はい。わかったわ、お母さん」

赤ずきんは、森を通っていきました。すると、オオカミがあらわれました。

「赤ずきんちゃん、どこへ行くの？」

「おばあさんのおうちに、おみまいに行くの」

それを聞くと、オオカミはにやり。

「花もつんでいったらどうだい？」

「わあ、おばあさんが喜ぶわ」

赤ずきんは、あっちの花、こっちの花と、きれいな花をつんでまわりました。

そのすきに、オオカミは先まわりをして、おばあさんをぺろりと丸飲みにしてしまったのです。そして、ふとんをかぶり、おばあさんのふりをして赤ずきんを待ちました。

しばらくして、赤ずきんがやってきました。赤ずきんは、ベッドのそばによって、おばあさんに話しかけました。

「こんにちは、おばあさん。おかげんはいかが？　あら、おばあさん、大きなお耳ねえ」

「そうさ、おまえの話をよく聞くためにね」

「まあ、なんて大きな目」

41ページのこたえ ①子ども

「そうさ、おまえをよーく見るためだよ」

「まあ、こんなに大きなお口なの？」

「そうさ、おまえを食べるためさ！」

オオカミは、大きな口で赤ずきんをぺろりと飲みこむと、あくびをして、そのままねてしまいました。

そのとき、森の猟師が家の外を通りました。

「おや、大きないびきが聞こえてくるぞ」

猟師が家の中に入ると、大きなおなかのオオカミが、大いびきでねています。

「オオカミめ、おばあさんを食べたのか？」

猟師は、はさみでオオカミのおなかをじょきじょき切りました。すると、赤ずきんがとび出してきました。

「ああ、オオカミのおなかの中は真っ暗！」

それから、おばあさんも出てきて、みんなで喜びあいました。猟師は、オオカミをかついで帰りました。

赤ずきんはおばあさんに、おかしとぶどう酒をわたすと、今度はより道せず、まっすぐ帰っていきました。

おはなしクイズ

オオカミが化けたおばあさんは、なにが大きかった？

①鼻、歯、あご ②耳、目、口 ③頭、手、足

親指ひめ

小さな女の子の物語
親指ほどの、

たのしい
アンデルセン童話
よんだ■■■

昔、チューリップの花の中から、小さな女の子がうまれました。親指ほどに小さいので、親指ひめとよばれました。親指ひめは、歌が大好きでした。

ある日、ヒキガエルの母親が来て、親指ひめがねているすきにさらって、川へつれていきました。

「息子のよめになっておくれ」

親指ひめは、いやでしかたありません。ハスの葉の上で悲しくて泣いていると、魚たちが、ハスのくきを切って、親指ひめをにがしてくれました。

親指ひめが川を流れていると、今度はコガネ虫がやってきて、木の上につれていきました。

でも、仲間に親指ひめのことを悪く言われたコガネ虫は、親指ひめを木からおろすと、そのままどこかへ行ってしまったのです。

親指ひめは、ひとりぼっちにな

りました。

やがて、寒い冬が来ました。

「こまったわ。食べるものがない」

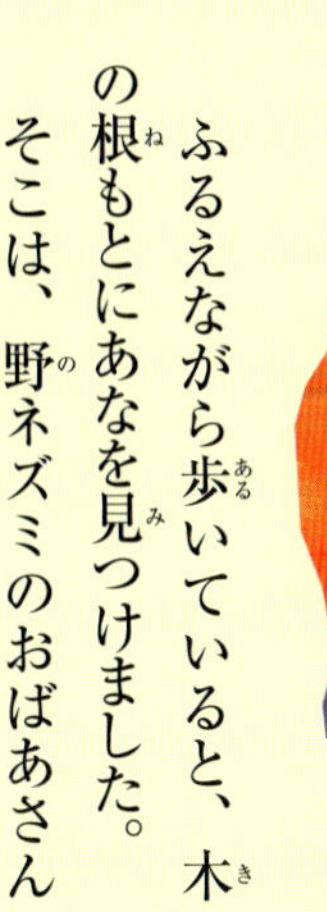

ふるえながら歩いていると、木の根もとにあなを見つけました。
そこは、野ネズミのおばあさんの家でした。

「おなかがすいて、こごえそうです」
「おやおや、かわいそうに。春になるまで、ここにいていいよ」

45ページのこたえ ②耳、目、口

親指ひめは、親切な野ネズミのおばあさんとくらしはじめました。

ところが、となりに住んでいるモグラが、親指ひめに結婚を申しこんできたのです。けれど、モグラを好きになれず、親指ひめはこまってしまいました。

そんなとき、親指ひめは、羽をいためたツバメを見つけて、助けてあげました。

ツバメはすっかり元気になり、

「ありがとう。いっしょに花の国へ行きましょう」

と、親指ひめをさそいました。

おはなしクイズ
親指ひめは、なんの花からうまれた?

親指ひめは、思いきってツバメの背中に乗り、海や山をこえ、美しい花の国に着きました。

そこには、花の国の王子さまがいたのです。王子さまは親指ひめと同じくらい小さく、背中に羽がありました。

王子さまは、言いました。

「どうか、ぼくと結婚してください」

親指ひめがうなずくと、王子さまは、すてきな羽をプレゼントしてくれました。マーヤという名前ももらい、親指ひめは、ずっと幸せにくらしたそうです。

アリとキリギリス

夏に遊んでばかりいたキリギリスは……

ためになる

イソップ童話

よんだ■■■

夏の野原で、キリギリスは一日中、楽器をひいたり、うたったりと、楽しく遊んでいました。

「キュッキュッキュルリ、それうたえ！」

そのそばを、アリがせっせと食べものを巣に運んでいました。

「おーい、アリさん、暑いのにご苦労なことだね！」

「わたしは、冬のしたくで忙しいんだ」

「夏なのに、もう冬のことを心配してるのかい？」

キリギリスにからかわれても、アリは知らん顔。寒い冬のことをよく知っていたのです。

やがて、秋風がふき、草もかれはじめました。それでも、キリギリスはおもしろおかしく遊んでいました。

とうとう冬が来て、冷たい風がふき、食べものはなんにもなくなりました。それで、ようやくキリギリスはこまりました。

「おなかはすくし、寒くてたまらない。そうだ、アリさんのところに行こう！」

キリギリスは、アリの家のドアをたたきました。

「アリさん。家に入れとくれ。おなかもペコペコだよ」

すると、アリは言いました。

「あなたは、夏中、うたったり、おどったりして、楽しんでいたんでしょう？　あなたにあげる食べものなんかないよ！」

キリギリスはしょんぼりと、寒い道をもどっていきました。

なまけてばかりいると、あとで苦労するというお話ですね。

おはなしクイズ　アリは、なんのために、暑い夏にもせっせとはたらいていた？

49ページのこたえ　チューリップ

金のガチョウ

金のガチョウをかかえて町に行くと……

たのしい

グリム童話

よんだ ■■■

若者が森へ仕事に行くと、ひとりのこびとが話しかけてきました。

「おなかがぺこぺこです。なにか食べものを分けてください」

若者は、気の毒なこびとに、パンと飲みものをあげました。

「ああ、助かりました。あの木を切りたおしてごらんなさい。いいものが入っていますよ」

若者が古い木を切ると、中から金のガチョウが出てきました。


若者が金のガチョウをかかえて町に行くと、宿屋の姉むすめがかけよってきました。

「ガチョウの羽を、一まいください」

姉むすめがガチョウにさわると、手がくっついてしまいました。

「お姉さん、だいじょうぶ？」

妹が姉のからだをひっぱると、今度は妹の手が姉のからだにくっつきました。

ガチョウをだいたまま、若者が

走り出すと、姉と妹も走り出し、それを助けようとした牧師もくっついてしまいました。

「だれか助けてー」

町の人たちもつぎつぎにくっついて、長い行列になりました。若者を先頭にして大さわぎ、みんなはお城に着きました。

それをバルコニーから見たおひめさまは、大わらい！

「なんてゆかいなの。あははは」

すると、くっついていた人びとの手がはなれていきました。

「おお、ひめがわらっている」

王さまは、大喜び。

おひめさまは、うまれてから一度もわらったことがなく、王さまは心配していたのです。

「ひめをわらわせてくれたほうびに、ひめをよめにやろう」

こうして、若者はおひめさまと結婚して、幸せにくらしました。

おはなしクイズ

金のガチョウに最初にくっついたのは、宿屋の姉むすめ？ それとも妹？

51ページのこたえ 冬のしたくのため

金のおの、銀のおの

おのを落としてしまったきこりですが……

イソップ童話

よんだ■■■

まずしいきこりが、いずみのそばで、木を切っていました。

ところが、手がすべって、おのをいずみに落としてしまいました。

「一本しかない仕事道具なのに」

仕事ができなければ、くらしていけません。きこりは泣きました。

すると、いずみの中から神さまがあらわれました。手には、光りかがやく金のおのを持っています。

「これは、おまえのものか?」

きこりは、首を横にふりました。

「いいえ、そんなりっぱなおのではありません」

神さまはいずみに消えると、つぎに、銀のおのを持ってあらわれました。

「では、このおのか?」

「いいえ。ちがいます」

神さまはまた消え、今度は、鉄でできたおのを持ってきました。

「それこそ、わたしのおのです」

「おまえは正直ものだ。金と銀のおのもやろう」

きこりは金と銀と鉄の三本のおのを持って、家に帰りました。

この話を聞いた友だちは、

「おれも、金と銀のおのをもらおう」

と、自分のおのをわざと、いずみに投げいれました。

すると、金のおのを持って、神さまがあらわれました。

「おまえが落としたのは、これか?」

「はい。そうです。銀のおのも、落としました」

「この、うそつきめ!」

神さまは、友だちの男になにもわたさずに、消えました。

おはなしクイズ 正直なきこりがいずみに落としたのは、なに?

53ページのこたえ 姉むすめ

ヘンゼルとグレーテル

森の中でおかしの家を見つけますが……

こわい

グリム童話

よんだ ■■■

森の近くに、まずしいきこりの家族が住んでいました。この家には、ヘンゼルとグレーテルというきょうだいがいました。

ある日、ふたりは、母親がこう話すのを聞いてしまいました。

「もう食べものがないわ。あの子たちを森の中に置いてきましょう」

つぎの日、ヘンゼルとグレーテルは、両親につれられて森のおくにやってきました。

両親は木を切りに行くと言ったきり、暗くなっても、ふたりをむかえに来てくれません。

「平気さ。目印を置いてきたんだ」

不安がるグレーテルにヘンゼルはそう言い、道に落とした小石をたよりに家に帰りつきました。

そのつぎの日。両親は、もっと森のおく深くにふたりをつれていき、暗くなっても、よびに来てくれなかったのです。

「今日も、目印があるから平気だよ」

そう言ったヘンゼルでしたが、道に落としてきたパンくずは、鳥に食べられていました。

ふたりは、森の中を歩きつづけました。もう歩けない、と思ったそのとき、あまいにおいのする、小さな家を見つけました。

「見て、おかしの家だよ！ 屋根はチョコレート、かべはビスケットだ。おいしそう！」

はらぺこのふたりは、夢中で、おかしの家にかじりつきました。しばらくすると、家の中からおば

55ページのこたえ 鉄のおの

あさんが出てきました。

「おや、お客さんだね。家にお入り」

おばあさんは、ヘンゼルとグレーテルに、おいしいごちそうをたくさん食べさせてくれました。

ところが、つぎの日。やさしかったおばあさんは、おそろしい声で言いました。

「やせっぽちだね。食べるには、もっとふとらせなきゃね。いひひひひ」

おばあさんは、森に住むおそろしい魔女だったのです。

ヘンゼルは、暗いおりに閉じこめられてしまいました。魔女は毎日、ヘンゼルがふとったかどうか、指をさわって確認します。

でもヘンゼルは、指のかわりに

鳥のほねを出して、ごまかしつづけました。

「ええい、もう食べてやる！ グレーテル、かまどの火を確認おし！」

グレーテルは、確認のしかたを教わるふりをして、魔女をかまどの中につきとばしました。

こうして、ふたりは家にもどりました。両親も喜びました。

「ぶじでよかった。どうか、ゆるしておくれ」

それから、家族四人で仲よくくらしました。

おはなしクイズ

ヘンゼルとグレーテルが森の中で見つけた家は、屋根がなにでできていた？

オオカミと七ひきの子ヤギ

オオカミが母さんヤギのふりをして……

こわい

グリム童話

よんだ■■■

ある日、母さんヤギは、七ひきの子ヤギたちに言いました。

「オオカミが来ても、戸を開けてはだめですよ。オオカミは、真っ黒な足と、しゃがれた声をしていて、すぐにわかりますからね」

母さんヤギが出かけるのを見ていたオオカミは、さっそく、子ヤギたちの家の戸をたたきます。

「開けておくれ。お母さんだよ」

でも、声は、しゃがれ声です。

「いや、お母さんじゃない」

オオカミは、町に行き、チョークを食べて声をよくしました。

「開けて〜。お母さんだよ〜」

けれど、オオカミの真っ黒な足が、戸にかかっています。

「お母さんの足は黒くない」

オオカミは、町に行くと、粉をつけて、足を真っ白にしました。

「開けて〜。お母さんよ〜」

真っ白な足に、子ヤギたちは、

お母さんだと思いました。

「お帰り〜！」

入ってきたオオカミに、子ヤギたちは、つぎつぎ丸飲みにされてしまいました。でも、末っ子の子ヤギだけは、柱時計の中にかくれて、ぶじでした。

帰ってきた母さんヤギはびっくり。母さんヤギは、末っ子の話を聞き、野原でひるねをしているオオカミのおなかを、はさみで切りました。中にいた子ヤギたちは、みんなぶじでした。かわりに、オオカミのおなかに石をつめました。

目を覚ましたオオカミは、水を飲みに行きましたが、おなかの石の重みで池に落ち、それきり、うかんできませんでした。母さんヤギと七ひきの子ヤギたちは喜んで、それからも仲よくくらしました。

おはなしクイズ
末っ子の子ヤギは、オオカミが入ってきたとき、どこにかくれた？

59ページのこたえ　チョコレート

キツネとツル

平たいお皿でスープを出されたツルは……

ためになる

イソップ童話

よんだ □□□

キツネが、ツルを食事にまねきました。

「さあ、どうぞ。ぼくのじまんのスープです」

出されたのは、平たいお皿にたっぷりのスープです。

おいしそうなにおいに、ツルはさっそく飲もうとしました。けれども、長いくちばしがじゃまをして、飲めません。先っぽが、ほんの少しぬれるばかりです。


そのとなりでキツネは、にやりとわらいながら、満足そうにスープをすすっていました。

それから少しして、今度はツルがキツネを家にまねきました。

「このあいだのお礼ですわ、キツネさん。たっぷり食べてくださいね」

出てきたのは、口の細長いつぼに入った豆でした。ツルはじょうずにくちばしをつっこんで、豆をつまんでいきます。

しかしキツネには、まったく食べることができません。がんばって豆をとろうとしても、鼻がつぼの入り口にかかるだけで、とどかないのです。

「あら、キツネさん、えんりょなんてしないでくださいね」

ツルは、おいしそうに食べています。

あーあ。すぐそこにごちそうがあるのに、食べられないなんて……。キツネはくやしそうに、においをかいでいました。

意地悪をすると、いつか自分に返ってくるものです。

おはなしクイズ
キツネは、ツルがごちそうしてくれた豆を、食べることができた。○か×か？

61ページのこたえ　柱時計の中

みにくいアヒルの子

みにくいアヒルの子はじつは……!?

心あたたまね

アンデルセン童話

よんだ■■■

アヒルの母さんのたまごから、かわいい子どもたちがうまれました。でも一ぴきだけ、みにくいアヒルの子がうまれたのです。

きょうだいたちは、みにくいアヒルの子を、いじめました。

「おまえだけ、へーんなの」

ある日、ガーガー、ザブザブ、みんなでおよいでいると、とつぜん、ネコがおそってきました。

みんな大あわてで、やっとにげると、母さんが言いました。

「おまえが日立つから、ネコにねらわれたのよ」

みにくいアヒルの子は、悲しくなりました。

「ぼくのせいで、みんながあぶない目にあうなんて……」

そして、家族からはなれ、とぼとぼと歩きだしました。

湖に着くと、白鳥たちが、南へとびたつすがたを見ました。

「美しい鳥だなあ。友だちになれたら、どんなにすてきだろう」

アヒルの子は、寒い冬のあいだ、草むらでふるえながら、白鳥のことを思いました。

春が来て、あの白鳥たちが湖にもどってきました。アヒルの子は、勇気を出して言いました。

「友だちになってくれますか?」

すると、白鳥たちは、

「もちろんさ。こっちへおいで」

とまねいてくれたのです。

うれしくて、およいでいくと、湖に、若い白鳥のすがたがうつりました。みにくいアヒルの子は、白鳥だったのです。

仲間にむかえられた若くて美しい白鳥は、それから、さびしい思いをすることは、二度とありませんでした。

おはなしクイズ
みにくいアヒルの子は、じつはなんという鳥だった?

63ページのこたえ ×

北風と太陽

旅人の服をぬがすことができるのは？

ためになる

イソップ童話

よんだ □□□

北風と太陽が、力の強さをくらべあいました。けれども、なかなか勝負がつきません。北風は言いました。

「よし。あの旅人の上着をぬがせたほうを、勝ちとしようじゃないか」

「いいとも」

北風は旅人の服をはぎとろうと、力いっぱいふきつけました。

旅人は急にふいてきた風におどろいて、しっかり、えりもとをおさえました。それを見た北風は、ますます強く、冷たい風をふきつけました。

すると旅人は、かばんの中からもう一まい上着を出して、重ねてしっかりと着こみ、どんなにふきつけてもぬぎませんでした。

「つぎは、きみの番だ。やってみるがいい」

北風はくたびれて、番をゆずり

ました。

　太陽は、はじめはやさしくぽかぽかとてらしました。旅人は、まず上着をぬいでかばんにしまいました。太陽は、光を少しずつ強くして、旅人をてらしつづけます。

　すっかり暑くなった旅人は、一まい、また一まいと服をぬぐと、とうとうはだかになって、気持ちよさそうに小川で水あびをはじめました。

　北風はこれを見て、すっかり負けをみとめたということです。 

　力ずくよりも、やさしくするほうがうまくいくこともあるのですね。

おはなしクイズ
北風と太陽、旅人の上着をぬがせたのはどっち？

65ページのこたえ　白鳥

みんなが知っている童話は、どんな人たちがつくったの?

イソップ童話、グリム童話、アンデルセン童話は、「世界三大童話」といわれています。どのような人たちが、書いたのでしょう。

イソップ童話　イソップ

イソップは、今から2500年も昔に、ギリシャにいたといわれる人です。動物が出てくる短い話が得意で、ためになる、おもしろい話をたくさん残しました。

グリム童話　グリム兄弟

グリム童話は、ヤーコブとウィルヘルムという、仲のよい兄弟がまとめました。昔からドイツで語りつがれていた話を協力して集め、本にしたのです。

アンデルセン童話　アンデルセン

デンマークでうまれたアンデルセンは、つらい経験をのりこえ、人に夢や希望をあたえるような物語をたくさん書きました。「童話の父」ともよばれています。

2章 素直な心が育つ日本の昔話

かぐやひめ

竹からうまれた女の子は成長して……

日本の昔話

よんだ ■■■

昔、あるところに、まずしい竹とりのおじいさんがいました。

おじいさんが竹やぶに行くと、一本だけ金色にかがやく竹がありました。切ると、中から女の赤ちゃんがあらわれたのです。

「なんとまあ、ふしぎなことだ」

おじいさんは、赤ちゃんをつれて帰りました。

「まあ、かわいいこと」

おばあさんも大喜びです。

ふたりは女の子をかぐやひめとよび、大切に育てました。

それからというもの、おじいさんが竹をとりに行くと、光る竹が見つかります。切ってみると、竹

の中から黄金が出てきました。

おかげで、おじいさんとおばあさんは、お金持ちになりました。大きなお屋敷に住み、かぐやひめにきれいな着物を着せました。

かぐやひめはすくすくと育ち、美しいむすめになりました。そのうわさは、あっというまに広まり、多くの若者が、結婚を申しこみにやってきました。しかし、かぐやひめはすがたを見せません。

なかでも、五人のりっぱな若者たちは、あきらめずに何度もやってきました。おじいさんが、かぐやひめに言いました。

「かぐやひめや、年老いたわしらがいなくなったあと、おまえがひとりになるのは心配だ。五人の若者の中から決めてはどうだね」

「では、わたしが望むものを持ってきた方と結婚します」

かぐやひめが望むものとは、『仏の石でできた鉢』『金のくき、銀の根、真珠の実をつけた木』『燃えない布』『龍の首にかがやく五色の玉』『つばめのうんだ貝』でした。

おじいさんは、五人の若者に伝

67ページのこたえ 太陽

えました。しかし、だれも見つけることはできませんでした。

　そんなとき、＊帝がとつぜんやってきました。帝は、かぐやひめを見ておどろきました。

「光かがやくように美しいかぐやひめ、どうか宮廷に来ておくれ」

「帝のお申し出でも、おことわりいたします。わたしは、この国のものではないのです」

　かぐやひめはそう言うと、さっとすがたを消しました。

　帝は、ふしぎなこともあるものだと思いましたが、かぐやひめと会えただけでもよかったと、あきらめて帰っていきました。

　こうして、かぐやひめは、おじいさん、おばあさんと、静かにくらしていました。

　けれど、あるときから、かぐやひめは月を見て、しくしくと泣くようになりました。おじいさんは心配でたまりません。

「かぐやひめ、なぜ泣くのかね？」

「わたしは月から来たのです。つぎの満月にむかえが来たら、月に帰らなくてはなりません」

　かぐやひめは、月の都の人だっ

＊帝…天皇のこと。

たのです。おじいさんとおばあさんは、かわいいかぐやひめを月に帰すわけにはいかないと、帝に兵をお願いしました。

ついに、満月になりました。お屋敷のまわりには、二千人の兵が弓をかまえて待っていました。

真夜中、まばゆい光につつまれ、空から雲に乗った月の都の人たちがおりてきました。兵たちは、まぶしさに目を開けられず、弓を射ることができません。

おじいさんたちは、もうどうすることもできませんでした。

「おじいさん、おばあさん。今までかわいがってくださって、ありがとうございました。お元気で、さようなら」

かぐやひめは雲に乗ると、月へ帰っていきました。

おはなしクイズ

かぐやひめをむかえに来たのは、だれ？

①火星の都の人 ②月の都の人 ③地球の都の人

おむすびころりん

おむすびが落ちたあなから声がして……

ふしぎ

日本の昔話

ある日、おじいさんが山でしばかりをしていました。お昼になったので、おむすびを食べようとしたら、落としてしまいました。

おむすびは、ころころころころ転がって、あなの中にころりん！

すると、あなの中から、かわいい声が聞こえてきました。

おむすびころりんすっとんとん。

おじいさんはおもしろくなって、おむすびをもうひとつ転がしてみました。するとまた、
おむすびころりんすっとんとん。

おじいさんは大喜び。とうとう自分までころん。あなの中に転がりこんでしまいました。すると、
おじいさんころりんすっとんとん。

あなの中ではネズミたちが、もちつきをしていました。

「おむすびをありがとう。遊んでいってください。でも、ネコの鳴きまねはしないでくださいね」

＊つづら…竹などを編んでつくった箱。

よんだ■■■

ネズミたちはそう言うと、ごちそうを出してくれました。

おじいさんはおなかいっぱい食べて、帰りには宝ものが入ったつづら*をもらいました。

その話を聞いた、となりのよくばりなおじいさんが、「わしも宝ものをもらってこよう」と、山へ行きました。そして、おむすびをわざとあなに落とし、自分もあなに転がりこみました。

ネズミたちはおもちをついて、おじいさんにふるまいました。ところが、よくばりなおじいさんは、早く宝ものがほしくてたまりません。

そこで、ネズミをおいはらおうと、ネコの鳴きまねをしました。

「にゃーお！」

「わーっ、ネコだ！　にげろ！」

そのとたん、あたりは真っ暗。ネズミたちも大きなつづらも、消えてしまいましたとさ。

おはなしクイズ　おむすびが転がり落ちたあなの中にいたのは？

73ページのこたえ　②月の都の人

かさじぞう

おじぞうさまたちは
かさをもらい……

日本の昔話

昔、あるところに、びんぼうなじいさまとばあさまがおりました。

「町ですげがさを売って、正月のしたくをしよう」

　ふたりは夜なべをして、五つのすげがさをあみあげました。

「すげがさはいらんかねー」

　大みそかの町は大にぎわいですが、かさはひとつも売れません。

　がっかりして吹雪の中を歩いていると、おじぞうさまが六人、とっぷり雪をかぶって立っていました。

　じいさまは、おじぞうさまの雪をはらうと、一人ひとりに、売れ残ったかさをかぶせました。ひとつたりなかったので、ひとりには、自分の頭にかぶっていた手ぬぐいをかぶせてあげました。

　帰って、その話をすると、ばあさまもとても喜びました。

「それは、いいことをしなさった。もちはなくとも、年はこせますよ」

よんだ□□□

その日の真夜中、どこかから、歌が聞こえてきました。

「えっさ　ほい　すげがさくれたじいさまのうちは　どこじゃいな」

歌声は、じいさまのうちの前でぴたりと止まりました。なにか重いものをどさんと落とす音がしたので、あわててとび出すと、おもちにお米に、魚に野菜。小判やおかざりが山のよう。そして、六人のおじぞうさまが、

「ありがとうよう、たっしゃでくらせよう」

と言いながら、「えっさ　ほい」と、帰って行くのが見えました。

じいさまとばあさまは、よいお正月をむかえることができたということです。

おはなしクイズ

じいさまが町にかさを売りに行ったのは、いつ？　①クリスマスイブ　②大みそか　③お正月

75ページのこたえ　ネズミ

桃太郎

成長した桃太郎は鬼退治に出かけます

たのしい

日本の昔話

昔むかし、おじいさんとおばあさんが住んでいました。ある日のこと、おじいさんは山へしばかりに、おばあさんは川へ洗たくに出かけました。

すると、大きな桃が、どんぶらどんぶらと、川を流れてきました。

「おやまあ、見事な桃だこと。おじいさんに食べさせてあげましょう」

大きな桃をうんしょうんしょと家に運んで、おじいさんといっしょに切ってみました。すると、ぱかんとわれた桃の中から、元気な男の子がとび出しました。

桃からうまれたので、桃太郎と名づけられ、男の子はどんどん大きくなっていきました。

ある日のこと、桃太郎は、

「ぼくはこれから、鬼が島に鬼退治に出かけます。日本一のきびだんごをつくってください」

と、おじいさん、おばあさんに

よんだ ■■■

言って、いさましく出かけていきました。

桃太郎はとちゅうで、犬に会いました。

「桃太郎さん、どちらに行くの？」

「鬼が島に鬼退治さ」

「おこしにつけたきびだんごをください。家来になって、お供します！」

犬のあとには、サルが来て、サルのあとにはキジが来て、「日本一のきびだんご、ひとつください、お供します！」と、みんな家来になりました。

犬、サル、キジをしたがえて、桃太郎は舟に乗り、いさましく鬼が島へ向かいました。

鬼が島では、鬼たちが酒を飲んで、大さわぎ。そこへ桃太郎とお供の三びきが乗りこんだのです。

77ページのこたえ　②大みそか

「やあやあ、われこそは、日本一の桃太郎だ！　悪い鬼どもをこらしめにやってきたぞ！」

桃太郎を見て、鬼たちはげらげら大わらい。

「なにをこしゃくな、子どもじゃないか！」

ところが、桃太郎の強いこと強いこと、大きな鬼をつかまえては投げとばします。きびだんごを食べて元気いっぱいの犬はかみつき、サルはぴょんぴょんひっかいてまわり、キジは空から目玉をつっつきます。

「あいたた！　いたた！　たまらん、たまらん」

「桃太郎さん、こうさんです！」

鬼たちは泣いてあやまり、おわびにたくさんの宝ものをさし出しました。

桃太郎は、犬、サル、キジといっしょに宝ものをおみやげにして、おじいさんとおばあさんの家に、元気にもどっていきました。

おはなしクイズ

桃太郎や犬、サル、キジが元気いっぱいだったのは、なにを食べたから？

花さかじいさん

犬のシロの言うとおりに土をほると……

ふしぎ

日本の昔話

よんだ■■■

昔、おじいさんとおばあさんが、シロという犬をとてもかわいがっていました。シロはいつも、おじいさんの畑仕事についていきます。

ある日のこと、シロが前足で土をほり返して言いました。

「ここほれワンワン、ここほれワンワン」

おじいさんがくわで土をほると、大判小判の宝がザクザク出てきました。

「シロ、おまえはすごい犬だねえ」

おじいさんは、家に帰っておばあさんに宝を見せました。

そこに火を借りに来た、となりのおばあさんは、宝を見てうらやましくてたまりません。無理を言ってシロを借りると、今度は、となりのおじいさんがシロと畑に行きました。

「さあ、どこをほればいい」

81ページのこたえ きびだんご

シロは、目の前の土をほり返しました。

「ここか？　よおし、ほるぞ」

ほってみると、土の中から、虫やゴミがわんさか出てきました。

「よくもだましたな！」

となりのおじいさんは、くわをふりおろし、シロをうちころしてしまいました。そして、なきがらを土にうめると、やなぎの枝を一本さして帰りました。

それを聞いた、おじいさんとおばあさんは、泣きながらお参りに行きました。すると、ふしぎなことに、やなぎの枝は大きなやなぎの木になっていたのです。シロの形見に、おじいさんはその木で、きねとうすをつくりました。そしておもちをつくと、大判小判の宝がザクザク。

それを見たとなりのおばあさんは、無理やり、きねとうすを持っていってしまいました。ふたりがおもちをつくと、出てきたのは虫やゴミばかり。

「役立たずな、きねとうすめ！」

ふたりは、きねとうすをかまどで燃やし、灰にしてしまいました。

シロの形見が灰になり、おじいさんとおばあさんは、悲しみました。
「灰だけでも、もらってこよう」

おじいさんが、灰を持って外に出ると、風で灰がとび、枯れ木にかかりました。すると、きれいな花がさいたのです。おじいさんは、うれしくなり、あちこちの枯れ木に花をさかせました。
そこに、ちょうどお殿さまの行列がやってきました。お殿さまは大喜び。
「あっぱれな花さかじいさんじゃ。たくさんほうびをとらせるぞ」
おじいさんは、ほうびをたくさんもらい、おばあさんと幸せにくらしましたとさ。

おはなしクイズ
シロのお墓にさした枝は、なんの木になった？　①りんごの木　②いちょうの木　③やなぎの木

ツルの恩返し

おじいさんに助けてもらったツルは……

かなしい

日本の昔話

よんだ■■■

昔、おじいさんとおばあさんがいました。寒い冬の日、おじいさんは町からの帰り、わなにかかった一羽のツルを助けました。

しばらくたった、ある雪の夜のこと。白い着物を着た、美しいむすめがたずねてきました。

「吹雪で、道にまよってしまいました。ひと晩とめてください」

吹雪はおさまらず、そのあいだ、むすめはよくはたらきました。聞けば、身よりもないと言います。

「ずっとうちに住まないかね？」

ふたりの申し出に、むすめも喜びました。

ある日、むすめは家のおくで、はた織り機を見つけました。

「これではたを織ります。けれど、わたしがはたを織るすがたを、けっして見ないでくださいまし」

パタン、カラリ。丸一日、部屋からは、はたを織る音が聞こえていました。やがて、むすめは美しい織物を持って出てきました。

「これを町で売ってきてください」

織物は高い値段で売れました。

「また、はたを織ります。でも、けっして見てはいけませんよ」

パタン、カラリ。むすめは何度も美しい織物を織りました。けれど、そのたびにやせていくので、おじいさんとおばあさんは心配で、部屋をのぞいてしまいました。

するとおどろいたことに、一羽のツルが、羽をぬいては、はたを織っているではありませんか。

気がついたツルは言いました。

「わたしは、あのときのツルです。もう、おそばにいられません」

そう言い残し、悲しそうにひと声鳴くと、遠くの山へとんでいってしまいました。

おはなしクイズ むすめが、家のおくで見つけたものはなに？ ①鏡 ②ミシン ③はた織り機

85ページのこたえ ③やなぎの木

いっすんぼうし

指先ほどの男の子は、都へ向かいます

日本の昔話

よんだ■■■

昔、子どものいないおじいさんとおばあさんが、神さまにお願いをしました。

「どうか、わたしどもに、子どもをさずけてください」

すると、おばあさんに子どもができました。うまれてきたのは、指先ほどの小さな男の子でした。

ふたりは男の子をいっすんぼうしと名づけ、大切に育てました。

いつまでたっても、いっすんぼうしは小さいままでしたが、かしこく、元気に育ちました。あるとき、いっすんぼうしは言いました。

「わたしは都へ行って、りっぱなさむらいになります」

「そんな小さなからだでは、あぶないよ」

おじいさんとおばあさんは心配しましたが、いっすんぼうしのやりたいようにさせてあげることにしました。

いっすんぼうしは、こしに針の刀をさして、おわんの舟に乗ると、

「行ってきます」

と、おはしで水をかいて川をくだっていきました。

都は、たくさんの人や車があわただしく行きかっていて、いっすんぼうしは何度も、ふまれそうになりました。

急いで人通りの少ないところに行き、そばにあった大きなお屋敷にかけこみました。

「どうか、少し休ませてください」

殿さまは、いっすんぼうしを見て、目をまるくしました。

「なんとも小さな人だ」

ひめさまは、喜びました。

「まあ、かわいい。わたしのそばにいてほしいわ」

そこで、いっすんぼうしは、ひめさまを守ることになりました。

ひめさまのお供で、神社にお参りに行ったときのことです。

とつぜん、鬼があらわれ、ひめ

87ページのこたえ ③はた織り機

さまのいる車に手をかけました。

「ひめを、もらっていく」

いっすんぼうしは針の刀をぬくと、鬼の前に立ちました。

「ひめさまは、わたさない！」

「おまえに、なにができる」

鬼はせせらわらうと、いっすんぼうしをつまんで、ごくんと、ひと飲みしました。

飲みこまれても、いっすんぼうしはあきらめません。

鬼のおなかを、針の刀でつつきまわしました。鬼は、おなかをよじって苦しみました。

「ひぃ～。痛い、痛い」

こらえきれなくなった鬼は、いっすんぼうしをはきだし、あわててにげていきました。

鬼が去ったあとには、小づちが残されていました。ひめさまは、目をかがやかせました。

「前に聞いたことがあるわ。これは、なんでも願いごとがかなうという、打ち出の小づちじゃないかしら」

それを聞いたいっすんぼうしは、ひめさまにお願いしました。

「わたしの背が高くなるよう、願っ

てくれませんか」

ひめさまはうなずくと、小づちをふりました。

「いっすんぼうしの背、高くなれ、高くなれ」

みるみるうちに、いっすんぼうしの背は高くなり、りっぱな若者になりました。いっすんぼうしは、ひめさまにほほえみました。

「これで、わたしも一人前になれました」

やがて、いっすんぼうしはひめさまと結婚し、おじいさんとおばあさんを都によびよせました。

願いごとがかなう打ち出の小づちで、お金や食べものなど必要なものを出し、いつまでも幸せにくらしたということです。

おはなしクイズ
いっすんぼうしは都へ行くとき、なにに乗っていった？

ネズミのよめ入り

むすめネズミにふさわしい相手は……

たのしい

日本の昔話

よんだ ■■■

昔、母さんネズミが父さんネズミに言いました。

「そろそろ、むすめに、りっぱなおむこさんをさがさなくてはね」

「そうだな。世界一りっぱな方はだれだろう？　そうだ。お日さまだ！　お日さまはあたりを明るくてらしてくれるりっぱなお方だ」

ふたりはお日さまに言いました。

「あなたは世界一りっぱなお方です。どうか、うちのむすめのおむこさんになってください」

すると、お日さまは言いました。

「いや、わしよりりっぱなのは、わしをかくしてしまう雲さんだ」

「なるほど、そうかもしれないな」

そこで雲のところへ行きました。

「お日さまよりも、りっぱな雲さん。どうか、むすめのおむこさんになってください」

すると、雲は言いました。

「いいえ、わたしよりりっぱなの

は風さんです。風がふくと、わたしはとばされてしまいますから」

そこで今度は、風に言いました。

「雲さんより、りっぱな風さん。どうか、うちのむすめのおむこさんになってください」

「いいや、かべさんの方がりっぱだよ。ぼくがどれだけふいても、びくともしないんだから」

「なるほど、そうか」

ふたりは、かべにお願いしました。ところが、かべは言うのです。

「わたしはネズミさんにはかないません。だって、かたいわたしをガリガリかじるのですから」

「なんだ。ネズミが世界一りっぱだったのか。気がつかなかったな」

ふたりはびっくり。そして、若いネズミを見つけて言いました。

「どうか、むすめのおむこさんになってもらえませんか」

「はい。喜んで」

むすめと若いネズミは結婚して、世界一幸せになりましたとさ。

おはなしクイズ
世界一りっぱなおむこさんは、お日さまだ。○か×か？

91ページのこたえ　おわんの舟

ぼたもちガエル

おばあさんは、ぼたもちをかくします

日本の昔話

よんだ■■■

とても仲の悪いおばあさんとおよめさんがくらしていました。

ある日、おばあさんが留守番をしていると、近所の人がぼたもちを持ってきてくれました。

「うまそうなぼたもちだこと」

おばあさんは、ぼたもちをひとりで、おなかいっぱい食べました。

「ああうまかった。五つ残ったぞ」

おばあさんは、およめさんに食べさせたくありませんでした。


そこで、ぼたもちをかし箱に入れ、こう言い聞かせました。

「よめが見たらぼたもちカエルになれ。わしが見たらぼたもちになれ」

そうして、おばあさんは、ぼたもちを戸だなのおくにしまいこみました。ところが、それをおよめさんがかくれて見ていたのです。

そうとは知らないおばあさんは、外へ出かけていきました。およめさんは、それとばかりに戸だなからかし箱をとり出し、ぼたもちを全部食べてしまいました。

「ああ、おいしかった。さて、おばあさんをびっくりさせてやろう」

　およめさんは、田んぼで、カエルをたくさんとってくると、かし箱の中へカエルをおしこめ、戸だなにしまいました。

　さて、帰ってきたおばあさんは、ぼたもちを食べようと、かし箱のふたを開けました。とたんに、カエルがぴょーんぴょん。おばあさんはおどろいて、カエルに言いました。

「これ、ぼたもち、わしだよ」

　おばあさんがいくらわめいても、カエルはとびはねているだけです。

「そんなにはねると、あんこが落ちてしまうよ」

　おばあさんはあわてておいかけましたが、カエルたちは、田んぼへさっさとにげていってしまいました。

おはなしクイズ
残ったぼたもちは、だれが食べてしまった？

93ページのこたえ　×

ぶんぶく茶がま

一ぴきのタヌキが男に恩返しをします

日本の昔話

よんだ■■■

昔むかし、ある男が、わなにかかっている一ぴきのタヌキを見つけ、にがしてやりました。

その夜のことです。男の家の戸を、トントンとたたく音がします。そこにいたのは、わなにかかっていたタヌキでした。

「お礼にまいりました」

そう言うと、タヌキはくるんと宙返りをして、ぴかぴかの茶がまに化けたのです。

「どうぞ、このままわたしを売ってくださいな」

男はおどろきました。つぎの日、お寺のおしょうさんのところへ茶がまを持っていきました。

おしょうさんは、茶がまをひと目で気に入りました。ところが、お茶をわかそうと、おしょうさんが茶がまを火にかけたときです。

「う、うわあ、あちちちち」

タヌキは茶がまから手足と首だ

け出して、お寺で大さわぎ。男とタヌキは、おこったおしょうさんに、おい出されてしまいました。

それでも、タヌキはめげません。

「つぎは、わたしが町でつなわたりをします」

男はタヌキと町へ行き、道のはしとはしにつなをはると、

「さあさあ、世にもめずらしいタヌキのつなわたりだよ」

と言って、町の人を集めました。

するとタヌキは、かまのからだでつなをわたりはじめ、おなかをカンカンとたたいてみせました。


それがおかしいやら、かわいらしいやらで、集まった町の人たちは、手をたたいて大喜びです。

タヌキと男は町の評判となり、幸せにくらしましたとさ。

おはなしクイズ
タヌキが化けた茶がまを買おうとしたのは、だれ？

95ページのこたえ およめさん

こぶとりじいさん

おじいさんが、鬼のうたげでおどると……

たのしい

日本の昔話

昔むかし、右のほっぺに大きなこぶのあるおじいさんがいました。

ある日、おじいさんは山にたきぎを拾いに行きました。

しばらくすると、とつぜんかみなりが鳴って、雨がザーザーふりだしました。

「こりゃ、たまらん。雨やどりをしよう」

おじいさんは、近くのほらあなににげこみました。雨はなかなかやみません。

そのうちに、おじいさんは、こっくりこっくり……。ねむってしまいました。

どのくらいたったでしょう。楽しげな笛やたいこの音が聞こえてきて、おじいさんは目を覚ましました。

「あれまあ！　鬼たちが、うたげをしとる」

テンツク、テンテン、ピーヒャ

よんだ □□□

ララ……。

おじいさんはおどりが大好き。見ているうちに手や足がむずむずしてきて、ひょいなひょいなと、鬼たちの前におどり出てしまいました。

びっくりしたのは、鬼たちです。

「な、なんと、人間のじいさんだ！」

でも、おじいさんのおどりがとてもゆかいだったので、鬼たちは大喜び。

「いいぞ、いいぞ。もっと、おどれ！」

おじいさんと鬼たちが、いっしょになっておどりころげているうちに、夜が明けてきました。

「じいさん、あしたも来てくれ」

「はい、はい」

97ページのこたえ おしょうさん

「ほんとか？　人間はうそつきだからな。そうだ。これをあずかっておこう」

鬼はおじいさんの右のほっぺにあるこぶをつかむと、すぽんととってしまいました。

ほっぺは、すべすべのつるつる。痛くもかゆくもありません。おじいさんは喜んで家へ帰りました。

さて、それを知ったとなりのおじいさんは、

「よおし。わしも、鬼にこぶをとってもらおう」

と、山に出かけていきました。このおじいさんは左のほっぺに大きなこぶがあったのです。

ほらあなで待っていると、やがて鬼たちが来て、うたげがはじまりました。

となりのおじいさんは、ひょいと鬼たちの前に出ておどりだしました。ところが、そのおどりのへたなこと。

ほい、ほい、そおーれ。よろよ

ろろ……。

「なんだ、へたくそ。やめろ、やめろ！」

「こぶは返してやるから、とっとと帰れ！」

鬼たちはおこって、となりのおじいさんの右のほっぺに、こぶをペタン！

となりのおじいさんは、両方のほっぺに大きなこぶができてしまい、おいおい泣きながら帰っていきました。

おはなしクイズ
おじいさんの、右のほっぺのこぶをとったのは、だれ？

鉢かづきひめ

かぶった鉢がとれないおひめさまは……

心あたたまる

日本の昔話

よんだ■■■

　昔、河内の国（今の大阪府）の備中の守さねたかという大臣に、かわいいひめがうまれました。

　ところが、ひめが十三の年のこと、母君が重い病気になりました。母君はひめをまくらもとによび、

「観音さま、お守りください」

と、肩までかくれる大きな鉢をひめの頭にかぶせると、ひめの幸せをいのりながら亡くなりました。

　父君は、ひめの頭から鉢をとろうとしましたが、とれません。その後、父君がむかえた新しい母君は、ひめをきらいました。

「この、鉢かづきめ！」

　新しい母君は、鉢かづきの悪口を父君にふきこみ、鉢かづきを家からおい出しました。

「お母さま、ごめんなさい」

　悲しんだ鉢かづきは、川に身を投げたのですが、鉢がういて、しずむことができません。そこを、

漁師に助けられました。

「死ぬこともできない……」

行き場をなくした鉢かづきを、山蔭の三位中将どのが助け、お屋敷でふろたきをさせました。

中将どのには、宰相どのという、美しくやさしい息子がいました。

宰相どのは鉢かづきの声や、立ちふるまいが上品でかわいらしいことに気がつき、鉢かづきを好きになって「結婚してください」と言いました。しかし、鉢かづきとの結婚は中将どのにゆるしてもらえず、ふたりがお屋敷を出ていこうとしたときです。鉢が落ち、中からかがやくほど美しいおひめさまと、宝ものが出てきたのです。

中将どのも喜び、ふたりは末長く幸せにくらしました。

おはなしクイズ
鉢がとれたときのおひめさまは、どんな様子だった？

101ページのこたえ 鬼

サルカニ合戦

カニをいじめたサルがされた仕返しは……

たのしい

日本の昔話

よんだ■■■

昔、カニが、拾ったおむすびを食べようとしていたときのこと。ずるがしこいサルが言いました。

「かきの種とおにぎりを交換しよう。育てて実がなれば、食べほうだいだぞ」

やがて、かきの木はりっぱに育ち、たくさんの実をつけました。

すると、サルはかきの木にのぼり、赤い実をむしゃむしゃ。

「サルよ、わたしにもおくれ」

サルが青くてかたい実を投げつけたので、カニはぺしゃんこにつぶれてしまいました。

そばにいた子ガニは、しくしくと泣きだしました。

「いったい、どうしたんだい?」

ハチ、栗、ぬい針、そして牛のふんと大うすがかけつけました。話を聞くと、みんなかんかんです。そこで、サルの家で待ちぶせをして、こらしめることにしました。

栗はいろりに、子ガニは水がめに。ハチは、みそおけの中。ぬい針は、ふとんの中に入り、牛のふんはうらの戸の前。大うすは、屋根の上で、サルを待ちました。

「ふぅ。寒い寒い」

サルが帰ってきました。いろりに近づくと、焼けた栗がサルの鼻っつらに体あたり。

「あちちっ」

サルが水がめに手を入れると、子ガニがハサミで手をちょきん。

「いててっ」

薬のかわりにみそをつけようと、みそおけを開ければ、ハチがおしりをチクリ。あわててふとんにもぐりこめば、ぬい針がずぶり。

「うわぁ、助けてくれー！」

外に出ようとしたサルは、牛のふんでころび、屋根から落ちてきた大うすに、ぺちゃんこにされてしまったそうです。

おはなしクイズ

子ガニは、サルの家のどこにかくれた？

103ページのこたえ かがやくほど美しい

したきりスズメ

おじいさんがスズメのお宿へ行くと……

こわい

日本の昔話

よんだ ■■■

昔、あるところに、おじいさんとおばあさんがいました。

ある日、おばあさんの洗たくノリを、スズメが食べていました。おこったおばあさんは、ハサミでスズメの舌をチョッキン！ スズメはチュンチュン鳴いて、とんでにげていきました。

それを聞いたおじいさんは、スズメをさがしに行きました。

「スズメのお宿はどこかいな」

すると、竹やぶから、あのスズメが出てきました。

「ひどいことをして悪かったな」

「いいのです。よく来てくれましたね。遊んでいってください」

スズメたちは、歌やおどりで、おじいさんをもてなしました。楽しい時はすぎ、帰る時間です。スズメたちが、大きなつづらと小さなつづらを運んできました。

「おじいさん、好きなほうを、お

みやげにどうぞ」

「ありがとう。わしは年だから、軽い小さいつづらをいただこう」

おじいさんが小さいつづらを家で開けてみると、中から大判小判がザックザク！

おばあさんはおどろいて、

「あたしも、もらってくるよ」

と、走って竹やぶに行きました。

「スズメのお宿はどこかいな」

スズメが出てくると、おばあさんは言いました。

「大きいつづらをおくれ！」

スズメたちは、「家につくまで開けてはだめですよ」と言って、大きなつづらをくれました。

でも、おばあさんは、がまんできずに、とちゅうで開けてしまったのです。すると、中から、ヘビやカエル、虫たちが、うじゃうじゃ出てきました。

おばあさんはおどろいて、あちこちぶつかり、転がって、こぶをつくって、家に帰りましたとさ。

おはなしクイズ おじいさんがもらったのは、小さいつづら？ 大きいつづら？

105ページのこたえ 水がめ

カモとりごんべえ

ごんべえさんは空をとび……!?

ふしぎ

日本の昔話

よんだ■■■

昔、あるところに、カモとりを商売にしている、ごんべえという男がいました。

とても冷えた、ある朝のことです。ごんべえさんは、池でこおって動けずにいる、たくさんのカモを見つけました。

「今日はついているな。たくさんとれるぞ」

ごんべえさんは、一羽ずつカモの足をかかえ、ヒモで結びつけました。

しかし、朝日がさしてくると、こおっていたカモたちは、しだいにとけはじめ、ごんべえさんをつれて、空へとびたちました。

「だ、だれか、助けてくれー」

その声は、空にスーッと消えていくばかり。

そうこうするうち、ヒモはからだの重さにたえかねて、すべて切れてしまいました。

ドッシーン。

ごんべえさんは、畑の中に落ちて、お百姓さんが育てたアワをなぎたおしてしまいました。その様子を見ていたお百姓さんは、かんかんにおこっています。

ごんべえさんは悪いと思って、しばらくのあいだ、畑仕事を手伝うことにしました。

ある日、ごんべえさんは、畑の中で、ひときわ大きいアワを見つけました。しかし、その穂をかろうとしたとき、ごんべ

107ページのこたえ 小さいつづら

えさんは、しなったくきのいきおいで、ポーンと空高くとばされてしまいました。

「あーれー。また、とぶはめになるとは……」

　ごんべえさんは、空をくるくるまわりながら、ようやく屋根のようなところに足がつきました。

　しかし、そこは五重の塔のてっぺんでした。

「た、助けてくださーい」

　見あげたお坊さんたちは、あわててふとんを広げました。ごんべえさんは、ふるえる足に力を入れ、そこに向かってとびおりました。

　バサッ。

　ふとんの上に見事着地し、ごんべえさんは、ほっとして笑みをうかべました。しかし、思いもよらないことが……。

　お坊さんたちが、ごんべえさんを受けとめたとき、いっせいに頭をごっつんこ。そのとき出た火花がとびちり、五重の塔やお寺を焼きつくしてしまいました。

　こまったごんべえさんは、どこか遠くへとんでいきたくなりましたとさ。

おはなしクイズ

空をとんだごんべえさんが、足をついた屋根のようなところは、どこだった？

しっぽのつり

サルはしっぽで魚をつろうとしますが……

たのしい

日本の昔話

よんだ■■■

寒い寒い、冬の日のことです。

「あ〜、はらがへったな〜」

サルは、川のそばでカワウソに会い、こう聞きました。

「食べものはないかな？」

「食べものは、川の中にあるさ」

カワウソは、持っていたかごの中身をサルに見せました。

「すごいな。どうしたら、こんなにいっぱいの魚がとれるんだ？」

「かんたんなことさ！」

カワウソは、にやりとわらって言いました。

「まずは、川の氷にあなを開けて、あなの中にしっぽを入れる。あとは、待つだけ。魚がしっぽをエサとまちがえて、ぱくっ。そこをつりあげるのさ！」

「へえ〜、いいことを聞いたぞ！」

サルは、さっそく、カワウソに言われたとおりにしてみます。

「うわあ！　冷たい！」

サルはとびあがりましたが、がまんして待つことにしました。

「どうやって、食べるかな……」

ところが、魚はなかなかかかりません。やがて、サルはねむってしまいました。

しばらくして、しっぽが重く感じて、サルは目を覚ましました。

「大きな魚がかかったかな？」

力いっぱいしっぽをひっぱりましたが、ぬけません。しっぽが川にこおりついていたのです。

顔を真っ赤にしてひっぱりつづけるうちに、サルのしっぽは切れてしまいました。

サルの顔が赤くて、しっぽが短いのは、こういうわけだったからだそうです。

おはなしクイズ　サルの顔が赤くなったのは、なにをひっぱっていたから？

111ページのこたえ 五重の塔のてっぺん

ふるやのもり

世の中でいちばん
こわいものとは？

日本の昔話

よんだ■■■

昔、古い農家に、おじいさんとおばあさんが、馬の子一ぴきと住んでいました。

ある雨の夜、馬どろぼうがしのびこんで、農家の天井のはりの上にかくれました。家の土間には、オオカミが、馬を食ってやろうとかくれていました。外はザアザアひどい雨です。夜おそく、おじいさんが心配そうに言いました。

「こんな晩には、世の中でいちばんこわいものが来そうじゃ」

「オオカミさまかいな。こわいこ

わい！」と、おばあさん。

「いや、世の中には、もっとこわいものがあるのじゃ」と、おじいさん。

　それを聞いたオオカミも、馬どろぼうも、思わずドキリ。

「そんなおそろしいものとは、いったいなんでしょう？」

「それは、〝ふるやのもり〟というものじゃよ」

　おじいさんとおばあさんは、だまりこみました。

「そら、来たぞ！」と、おじいさんが大声をあげました。

「うわっ！」

　おどろいた馬どろぼうは、天井から、ほし草の中にいたオオカミの上に落ちました。

「うわっ！　ふるやのもりだ！」

　馬どろぼうもオオカミもびっくりして、あわてて家からとび出しました。馬どろぼうとオオカミがにげていったあとで、おじいさんがつぶやきました。

「やはり、雨もりがはじまった」

　ふるやのもりとは、古い家の屋根から、雨もりがすることだったのです。

おはなしクイズ　ふるやのもりとは、なんのことをいう？

113ページのこたえ　しっぽ

うらしまたろう

カメを助けると、竜宮城へまねかれ……

ふしぎ

日本の昔話

よんだ■■■

昔、うらしまたろうという若者が、悪い子どもたちにいじめられているカメを助けました。

すると、そのお礼に、カメの背中に乗って、海の中にある竜宮城へ案内されました。

赤や黄色のサンゴにかこまれた竜宮城は、それは美しいお城です。

「カメを助けてくださって、ありがとうございます。どうぞ、ゆっくり楽しんでくださいね」

美しいおとひめさまが、うらしまたろうを出むかえました。

部屋に入ると音楽が流れ、きれいな魚たちが、すてきなおどりを見せてくれました。食事も舌がとろけそうにおいしく、つぎからつぎへと出てきます。

「ああ、なんて、すばらしいんだ」

こうしてうらしまたろうは、夢のような毎日をすごしました。

何日かすぎ、うらしまたろうは、ふと、陸にいる、家族のことを思い出しました。

「わたしは、じゅうぶん楽しみました。そろそろ、家へ帰ります」

「では、おみやげに、玉手箱をさしあげましょう。でも、このふたは、けっして開けてはいけません」

「わかりました。おとひめさま、ありがとうございます」

うらしまたろうは陸にもどって、びっくり！ まわりの様子はすっかりかわっていたのでした。

古い家はありますが、うらしまたろうの家族や友だちは、だれもいません。

おどろいたうらしまたろうは、玉手箱のふたを、思わず開けてしまいました。

すると、箱からもくもくとけむりが出てきて……若かったうらしまたろうは、あっというまに、おじいさんになってしまいました。

おはなしクイズ
うらしまたろうが陸にもどるとき、おとひめさまにもらったおみやげはなに？

115ページのこたえ 雨もり

ヤマタノオロチ

八つの頭と尾をもつ
おそろしい怪物

たのしい

日本の神話

よんだ□□□

　昔、スサノオノミコトという神さまがおりました。

　ある日、スサノオが歩いていると、美しいむすめのそばで泣いている老夫婦を見つけました。

「どうして泣いているのだ」

　スサノオがたずねると、老夫婦がこたえます。

「八人のむすめがいたのですが、このクシナダヒメ以外は、八つの頭と尾をもつ怪物、ヤマタノオロチに食べられてしまいました。そして、つぎはクシナダヒメの番なのです」

「その怪物、退治してやろう」

　スサノオは、クシナダヒメをくしにかえると、自分の髪にさしてかくしました。そして、老夫婦に、強いお酒を酒だるに入れて、家のまわりにつくった垣根の八つの門に置くように言いました。

　じゅんびを終えて待っている

と、ズシン、ズシンと音を立てて、ヤマタノオロチがやってきました。八つの頭には、真っ赤な目がギラリと光っています。

　ヤマタノオロチは、八つの門の酒だるに、それぞれの頭をつっこみ、ごくりごくり。強い酒を飲み終えると、よってねむりこんでしまいました。

「よし、今だ」

　スサノオは、剣でヤマタノオロチを切りつけました。あっというまに首をはね、しっぽに切りかかると、カチリ、とかたいものにあたった音がします。スサノオは、しっぽを切りさきました。すると、りっぱな剣があらわれたのです。

「これは、姉のアマテラスオオミカミにさしあげよう」

　スサノオは、クシナダヒメをもとのすがたにもどしました。ふたりは結婚し、幸せにくらしました。

おはなしクイズ　ヤマタノオロチは、頭と尾がそれぞれいくつあった？

117ページのこたえ　玉手箱

国うみ

ふたりの神から、島がうまれました

かなしい

日本の神話

まだ天と地の境目もない大昔、あたりはふわふわどろどろしていました。すると、その中から神々がうまれ、最後にうまれた男の神イザナギと女の神イザナミに、神々はこう言いつけました。

「おまえたちは力を合わせ、このふわふわしているところをかためて、りっぱな国をつくりなさい」

ふたりは天空にうかんだ天の浮橋まで来ると、*矛を入れてかきまわしました。矛を引きあげると、その先からしずくが落ち、それがたまって島ができました。

「これは、ふしぎだ！ この島を〝オノコロ島〟と名づけよう」

ふたりは島におりていき、大きな柱を立て、宮殿をつくりました。

「イザナミ、婚礼の式を挙げよう」

ふたりは大きな柱をはさんで立つと、柱をまわり、出会ったところで声をかけあいました。

*矛…長い棒の先に剣がついた、昔の武器。

よんだ ■■■

「うるわしき女神よ」
「美しく、おおしき男神よ」
すると、つぎつぎに島がうまれました。はじめに淡路島、つぎに伊予の島（今の四国）、隠岐の島、筑紫の島（今の九州）、壱岐の島、対馬、佐渡の島、最後にはいちばん大きな大倭豊秋津島（今の本州）。八つの島をうんだので、日本の国を大八島の国とよびました。そのあとさらに、六つの島をうんで日本列島ができました。

国ができあがると、風、山、木、海の神、そのほかたくさんの神をうみ、おしまいに火の神をうみました。ところが、この火の神をうんだとき、イザナミが大やけどをして死んでしまったのです。

とても悲しんだイザナギの目からなみだが落ちました。それがなみだの神となり、なみだが川となって川の神がうまれました。

おはなしクイズ
イザナギとイザナミが婚礼の式を挙げたあと、つぎつぎとなにをうんだ？

119ページのこたえ　八つ

日本の昔話に出てくる道具って、どんなもの？

日本の昔話には、伝統的な道具や言葉がたくさん出てきます。道具や言葉の意味を知れば、お話ももっと楽しくなるでしょう。

すげがさ

(→P.76)

植物のスゲをあんでつくった笠で、雨や雪などをふせぐために頭にかぶります。「かさじぞう」では、じいさまが吹雪の日に、おじぞうさまにかぶせてあげました。

はた織り機

(→p.86)

糸から布を織るための機械です。糸を縦にセットし、「杼」という道具を使って横の糸を通すことで、縦の糸と横の糸を組み合わせて布をつくるしくみです。

茶がま

(→P.96)

茶道（茶の湯）でお湯をわかすために使う、鉄などでつくられたかまのこと。ずんぐりとした形をしていて、両わきに取っ手、上にはふたがついています。

いっすん

(→P.88)

「すん(寸)」は、長さの単位のひとつ。いっすん(一寸)は、約3センチメートルです。

3章

冒険心を育む世界の昔話

ジャックと豆の木

「魔法の豆」を手に入れたジャックは……

たのしい

イギリスのお話

よんだ■■■

昔、ある村に、ジャックという男の子が、お母さんとふたりでくらしていました。とてもびんぼうだったので、一頭だけ残っていた牛も、売ることになりました。

牛をひいて市場へ行くとちゅうで、ジャックは知らないおじいさんの「魔法の豆」と牛を交換してしまいました。ジャックが家に帰ると、お母さんはおこって、

「大事な牛をこんな豆ととりかえてくるなんて、おまえは大バカだ」

と、豆を窓からすてました。

つぎの朝、目を覚ましたジャックは、窓の外を見てびっくり。いつのまにか、大きな木が生えていました。魔法の豆は、本物だったのです。

さっそく、ジャックが豆の木にのぼっていくと、そこは雲の上。道の先には大きな家がありました。家の前に立っていた女の人が、

ジャックを見つけて言いました。

「うちの人はおそろしい大男で、人間の子どもを食べるのが大好きなんだよ。早くかくれな」

ジャックがかまどの中にかくれると、大男が帰ってきて、「金貨のふくろを持ってこい」と、女の人に言いました。大男は、金貨をかぞえながらいねむりをしています。そのすきに、ジャックはふくろを持って家に帰りました。金貨のふくろを見て、お母さんは大喜びです。

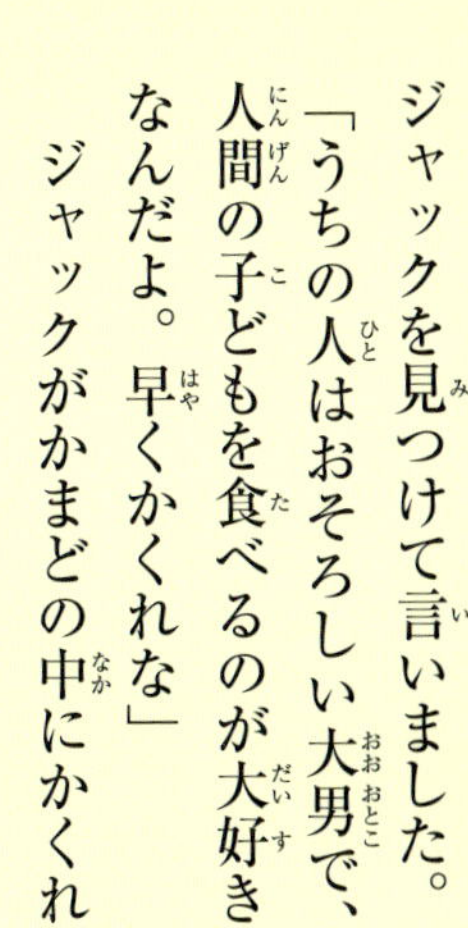

しばらくして金貨がなくなると、ジャックは、また雲の上へ行き、かまどにかくれました。帰ってきた大男は、女の人が

121ページのこたえ 島

持ってきたメンドリに、「たまごをうめ」と言いました。メンドリがうんだのは金のたまごでした。大男がまたねむりはじめたので、ジャックはメンドリをかかえてにげました。

しばらくして、ジャックはまた、雲の上に行きました。今度は大なべの中にかくれて、大男を待ちます。帰ってきた大男が、女の人が持ってきた金のハープに、「うたえ」と言うと、ハープがきれいな声でうたいだしました。ハープの歌を聞きながら、大男は大いびき。ジャックは金のハープをかかえてにげました。

すると、ハープがさけびました。

「たいへんです、ご主人さま。どろぼうです！」

その声で起きた大男が、ジャックをおいかけて、木をおりてきました。地上におりたジャックが木を切りたおすと、大男はまっさかさまに落ちてきて、死んでしまいました。

それからジャックとお母さんは、いつまでも幸せにくらしました。

おはなしクイズ

ジャックが大男の家から持ちだしたのは、金貨のふくろとメンドリと、あとひとつはなに？

三びきの子ブタ

子ブタたちは自分の家を建てますが……

たのしい

イギリスのお話

よんだ ■■■

ある日、三びきの子ブタのきょうだいにお母さんが言いました。

「あなたたちはもう大きくなったから、自分のおうちを建てなさい。オオカミに食べられないように、じょうぶな家をつくりなさいね」

いちばん上のお兄さんがつくったのは、わらの家。あっというまにできました。二番目のお兄さんがつくったのは、木の家。これも、そんなに時間はかかりませんでした。

けれど三番目の弟は、じょうぶなレンガの家を建てたので、なかなかできません。こつこつレンガを積み上げています。

「おまえは、ほんとにのろまだな」

お兄さんたちは大わらいし、毎日、遊んでばかりいました。

そんなある日、オオカミがやってきました。

「子ブタを食ってやろう」

オオカミはわらの家をぷーっ！

「わあっ！ 家がとばされた！」

いちばん上のお兄さんは、木の家ににげこみました。すると、オオカミがおいかけてきて、

「これも、ひとふきだ。ぷうー！」

木の家もふきとばされてしまいました。お兄さんたちは、弟のレンガの家ににげこみました。

「へん。こんな家も、ぷーーっ！」

ところが、レンガの家はびくともしません。

「よし、えんとつから入ってやる」

オオカミが屋根にのぼると、

「だんろのまきに火をつけよう」

三番目の子ブタは、だんろになべをかけて、どんどん火を燃やしました。なべのお湯がぐつぐつわいてきます。そこへ、オオカミがとびこみました。

「ひゃーっ、あちち。助けてえ！」

オオカミは、あわててにげていきました。

おはなしクイズ
いちばん上のお兄さんブタがつくったのは、なんの家？

127ページのこたえ 金のハープ

大きなかぶ

みんなで力をあわせて大きなかぶをぬきます

たのしい

ロシアのお話

よんだ ■■■

おじいさんが、畑にかぶの種をまきました。

「あまくて、大きいかぶになれ」

かぶはぐんぐん育って大きなかぶになりました。おじいさんはかぶをぬこうとして、

「えいこらしょ、どっこいしょ」

ところが、かぶはぬけません。

おじいさんは、おばあさんをよんできました。おばあさんがおじいさんをひっぱって、

「えいこらしょ、どっこいしょ」

やっぱり、かぶはぬけません。

そこで、まごをよんできました。まごがおばあさんを、おばあさんがおじいさんをひっぱって、

「えいこらしょ、どっこいしょ」

それでも、かぶはぬけません。

まごは、犬をよんできました。犬がまごをひっぱって、まごがおばあさんをひっぱって、おばあさんがおじいさんをひっぱって、

「えいこらしょ、どっこいしょ」

まだまだ、かぶはぬけません。

そこで犬は、ネコをよんできました。みんなでつながって、

「えいこらしょ、どっこいしょ」

それでも、かぶはぬけません。

今度は、ネズミをよんできました。ネズミがネコをひっぱって、ネコが犬を、犬がまごを、まごがおばあさんを、おばあさんがおじいさんをひっぱって、

「えいこらしょ、どっこいしょ」

すると、スッポーーン！

とうとう、かぶはぬけました。

おはなしクイズ
大きなかぶをひっぱるのを手伝った動物は、ネコとネズミと、あと一ぴきはなに？

129ページのこたえ　わら（の家）

シンデレラ

魔法の力で、ぶとう会に行けることに……

心あたたまる

フランスのお話

よんだ■■■

あるところに、シンデレラ（灰かぶり）とよばれているむすめがいました。

シンデレラのお母さんが病気で亡くなったあと、新しいお母さん（まま母）が、ふたりのお姉さんをつれてきました。

まま母とお姉さんたちは、シンデレラに意地悪をして、一日中はたらかせました。シンデレラは、だんろのそうじもさせられていたので、いつも灰だらけになっていました。

ある日、お城からぶとう会の招待状がとどきました。

王子さまの結婚相手をえらぶために、国中のむすめをまねいたのです。

「シンデレラは、ドレスも持っていないから、ぶとう会には行けないわね」

お姉さんたちは、おしゃれをし

て、馬車でお城へ出かけていきました。

それをひとりで見送ったシンデレラは、悲しくてたまりません。

「わたしもお城に行きたかったわ」

シンデレラがしくしくと泣いていると、目の前に、魔法使いのおばあさんがあらわれて、やさしく言いました。

「泣くのはおよし、シンデレラ。ぶとう会に、行かせてあげよう。

それっ」

魔法使いが、つえをふりまし

131ページのこたえ 犬

た。すると、シンデレラが着ていたぼろぼろの服は、美しいドレスになったのです。

魔法使いが、つえをもうひとふりすると、ハツカネズミは馬に、かぼちゃは馬車に、トカゲはめし使いになりました。

魔法使いは、ガラスのくつをシンデレラにわたして言いました。

「さあ、シンデレラ。ぶとう会へお行き。でも、夜中の十二時になると魔法がとけてしまうから、気をつけるのだよ」

シンデレラがお城に着くと、王子さまは、その美しさに目をうばわれました。

「わたしとおどってください」

シンデレラは、王子さまとおどり、まるで夢を見ているような楽しい時をすごしました。

やがて、十二時をつげる鐘の音が鳴りました。

「たいへん、魔法がとけてしまうわ」

シンデレラは、急いで階段をかけおりました。そのとき、片方のくつがぬげてしまいました。

シンデレラのことがわすれられない王子さまは、

「ガラスのくつがぴったり合うものを、おきさきにする」
と、おふれを出しました。

ついに、シンデレラの家にも、家来がくつを持ってやってきました。お姉さんたちの足は、大きすぎてだめです。
シンデレラがはくと、ぴったり。もう片方のくつも持っています。
シンデレラは、王子さまと結婚して、ずっと幸せにくらしました。

おはなしクイズ
魔法使いは、何時になると魔法がとけると言っていた？

アリババ

ひみつのじゅもんを知ったアリババは……

ふしぎ

アラビアのお話

よんだ □□□

ある日、アリババがロバをひいて、森へたきぎをとりに行きました。すると、大勢の盗賊が馬に乗って森に入ってきました。

アリババは急いで、ものかげにかくれました。盗賊たちは馬からおり、岩の前で言いました。

「開け、ごま！」

すると、岩がすーっと開いたのです。盗賊たちは馬にのせてきた荷物を、ほらあなに運びました。

そして、みんなが出てくると、

「閉じろ、ごま！」

すると、岩がすーっと閉じました。盗賊たちが行ってしまうと、アリババもまねをしてみました。

「開け、ごま！」

岩がすーっと開きました。ほらあなに入ったアリババはびっくり。宝石や金貨がいっぱいです。アリババは、金貨をどっさり持って帰りました。家で金貨をかぞえたアリババですが、多すぎてかぞえきれません。そこで、お兄さんのカシムにますを借りました。

(あいつ、なにをはかるんだろう)

ふしぎに思ったカシムは、ますの底にねり油をぬっておきました。もどってきたますには、金貨が一まいはりついていました。

「この金貨はどうしたんだ?」

カシムに問いつめられて、アリババは森で見たことを話しました。

つぎの日、カシムは岩の前でさけびました。

「開け、ごま!」

カシムは宝の山を見て大喜び。岩を閉じて、夢中で、宝ものをふくろにつめこみました。

ところが、外へ出るとき、じゅもんをわすれてしまったのです。

「開け、麦! 開け、豆! あれっ、なんだっけ……。開け、岩!」

そこへ盗賊たちがもどってきました。カシムは、おこった盗賊に刀で切られてしまいました。

おはなしクイズ 岩を開くときのじゅもんは、「開け」なに?

135ページのこたえ 夜中の十二時

ハメルンの笛ふき男

男にネズミを退治してもらいましたが……!?

ドイツのお話

よんだ ■■■

昔、ドイツのハメルンは、美しい街でした。そこに、ネズミの大群がすみついたのです。

街の人たちは、ネズミとりをしかけ、毒だんごをばらまきましたが、ネズミはふえるばかりです。

ネコや犬に退治させようとしましたが、ネズミが多すぎて、ぎゃくにおいかけられました。

ある日、ひとりの男が街へやってきて、市長に言いました。

「ネズミを退治してあげましょう。ただし、その代金として、金貨千まいをいただきます」

「もちろん。千まいどころか、二千まいでもさしあげますよ」

「わかりました。では、さっそくはじめましょう」

男はそう言うと、笛をふき鳴らしはじめました。すると、あちらこちらから、ものすごい数のネズミが出てきて、笛ふきの男のあとをついていきました。

なんと、街には、一ぴきのネズミもいなくなったのです。そこへ、笛ふきがもどってきました。

「ネズミを退治しました。約束の金貨千まいをいただきます！」

「ネズミの退治くらいで、金貨千まいは高すぎないか。まあ、十まいくらいは出してやるが」

「約束をやぶるんですね。では、こちらにも考えがあります」

笛ふきは、はらを立て、いなくなりました。

つぎの日曜日。笛ふきが街の広場で笛をふきはじめると、子どもたちが集まってきました。

「ああっ、子どもたちが……」

笛ふきは子どもたちをつれたま、いなくなりました。そのあと、大人がどこをさがしても、子どもたちは見つかりませんでした。

おはなしクイズ ハメルンにおしよせてきたのは、なんの大群？

137ページのこたえ ごま

長ぐつをはいたネコ

末息子に長ぐつをもらったネコは……!?

たのしい

フランスのお話

よんだ ■■■

昔、粉ひき職人が亡くなり、自分の形見として、いちばん上の息子に粉ひき小屋、二番目の息子にロバ、末息子にはネコを残しました。

「ネコなんて、役に立たないよ」

と、末息子がつぶやくと、ネコが言いました。

「わたしに長ぐつと大きなふくろをください。そうすれば、きっと役に立ってみせます」

末息子は、とつぜん話しだしたネコにびっくりしましたが、言われたものを用意しました。ネコは長ぐつをはき、ふくろを持って森へ出かけると、ふくろの中に木の実を入れ、それを置いて、木のかげにかくれていました。

ウサギがふくろに入り、木の実を食べはじめると、ふくろの口を閉め、まんまとウサギをつかまえました。ネコはそれを持ってお城へ行き、王さまにさし出しました。

「カラバこうしゃくからのおくりものです」

カラバこうしゃくとは、ネコが

勝手につけた末息子の名前です。

ある日、ネコは末息子に言いました。

「川へ行って、およいでいてください」

末息子は、言われたようにしました。そこへ、王さまとおひめさまを乗せた馬車が通りかかり、ネコは馬車にかけよりました。

「カラバこうしゃくがおよいでいるうちに、服をぬすまれてしまいました。助けてください」

気の毒に思った王さまは、家来に新しい上等な服を持ってこさ

139ページのこたえ ネズミ

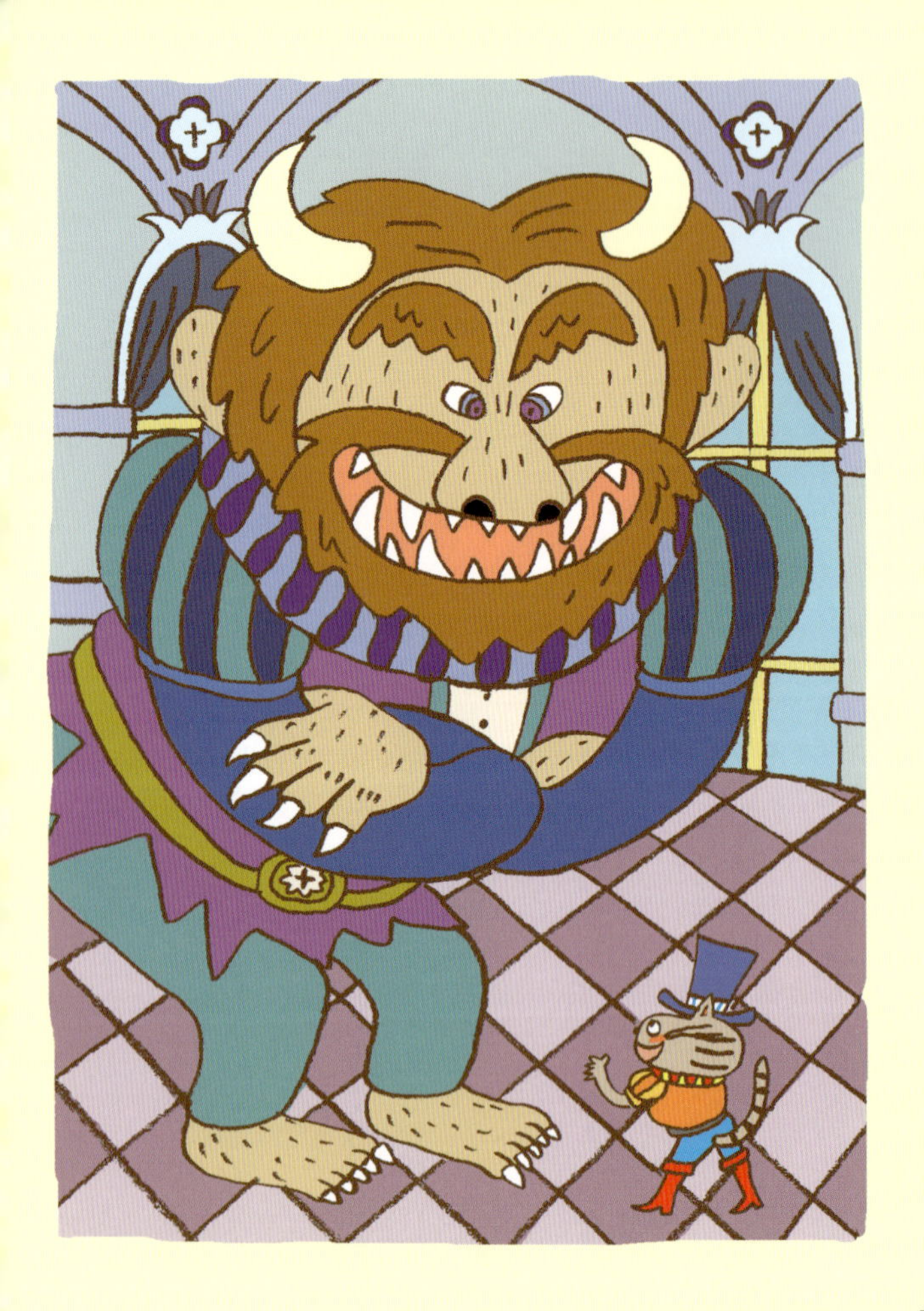

せ、末息子にプレゼントしました。

そこで、ネコは王さまをさそいました。

「これから、カラバこうしゃくのお城へご案内いたしましょう」

場所を伝えると、ネコは大急ぎで先まわりをして、人食い鬼のお城にとんでいき、人食い鬼に聞きました。

「あなたはなんにでも化けられるそうですが、小さいネズミなんかは無理でしょうね」

「わしにできないことはない！」

鬼があっというまにネズミになると、ネコは「お見事！」と言って、ネズミをぱくりと食べてしまいました。そのとき、王さまの馬車が到着しました。

「こうしゃくのお城へようこそ！」

ネコは、うやうやしく王さまをむかえました。

「なんとまあ、すばらしいお城だ」

王さまは感心し、カラバこうしゃくとおひめさまを結婚させることにしました。

こうして、末息子はかしこいネコのおかげで、いつまでも幸せにくらしました。

おはなしクイズ

ネコは末息子に、大きなふくろとなにがほしいと言った？

三びきのヤギ

三びきのヤギが怪物にいどみます

たのしい

ノルウェーのお話

あるところに、気の強い三びきのヤギがいました。ある日、ヤギたちは山の牧場へ出かけました。

でも、とちゅうには大きな谷川があって、橋の下にはおそろしい怪物のトロールが住んでいます。

はじめに、小さいヤギが橋をトコトコわたりました。すると、おそろしい声がしました。

「だれだ！　おれさまの橋をわたっているのは！　食ってやる！」

「いちばん小さいヤギだよ。あとから来るヤギのほうが、大きくておいしいよ」

「ようし。なら、そっちにしよう」

しばらくすると、中くらいのヤギが橋をわたってきました。

「だれだ！　おれさまの橋をわたっているのは！　食ってやる！」

「ぼくは中くらいのヤギです。あとから来るヤギのほうが、もっと大きくておいしいですよ」

よんだ ■ ■ ■

「なるほど。それもそうだな」

まもなく大きなヤギが、ドシンドシンと橋をわたってきました。

「待っていたぞ。食ってやる！」

トロールが橋の上にとび出すと、いちばん大きなヤギはトロールにとびかかりました。そして、りっぱなつのでつきさし、大きな足でけとばして、谷川にポーンとつき落としてしまいました。

「トロールをやっつけたぞ！」

みんな大喜び。こうして三びきのヤギは山の牧場に行き、おなかいっぱい草を食べました。ところが、あんまり食べてふとりすぎたので、家に帰れなくなってしまいました。だから、三びきのヤギはまだ山の上にいるそうですよ。

おはなしクイズ トロールをやっつけたのは、どの大きさのヤギ？ ①小さいヤギ ②中くらいのヤギ ③大きなヤギ

143ページのこたえ 長ぐつ

ねむりの森のひめ

おひめさまは、長いねむりにつきました

フランスのお話

昔、ある国に、おひめさまがうまれました。長いあいだ、子どもができなかった王さまとおきさきさまは、大喜び。お祝いに、たくさんの人をお城にまねきました。

そのお祝いには、七人の仙女もまねかれました。

「ひめに美しさをおくります」

「かしこい人になりますように」

「美しい声をおくりましょう」

仙女たちは、つぎつぎとおくり

＊つむ…糸をつむぐときに、糸をまく棒。

ものをしていきます。六人目の仙女がおくりものを終え、七人目の仙女が進み出たときです。

とつぜん、あたりが暗くなり、かみなりが鳴りました。

「よくも、わたしをのけものにしたな」

そこには、年老いたひとりの仙女がいました。この仙女のことを、みんなわすれていたのです。

「わたしも、おくりものをしよう。ひめは十六歳になる前に、つむ*にさされて死ぬ！」

そう言うと、仙女は消えてしまいました。人びとがふるえあがるなか、七人目の仙女が前へ進み出ました。

「わたしでは、のろいをとくことはできませんが、軽くすることはできます。死なずに、百年のあいだねむるのです。百年のち、王子さまがねむりを覚ましてくれるでしょう」

しかし、百年もねむるなんて、おひめさまがかわいそうです。王さまは、国中のつむを集めると、すべて燃やしてしまいました。

十五年がたちました。ある日、

145ページのこたえ ③大きなヤギ

おひめさまはお城をたんけんしていました。古びた塔をのぼってみ

ると、ひとりのおばあさんが、糸をつむいでいます。

「まぁ、それはなに？」

そう言って、さわろうとしたおひめさまは、つむにさされてしまいました。そのおばあさんは、あの、のろいをかけた仙女だったのです。知らせを受けた七人目の仙女は、すぐにお城に向かいました。

「おひめさまひとりではかわいそう。すべてのものよ、ねむりなさい」

そうして、お城全体にねむりの魔法をかけると、お城にはいばらが生え、だれも入れなくなりまし

た。

　百年たち、このお城にひとりの王子さまがやってきました。

　ふしぎなことに、王子さまが通ろうとすると、いばらが分かれて道をつくります。みちびかれるままに進んだ王子さまは、お城のおくでねむっている、おひめさまを見つけたのです。

　近づくと、おひめさまはぱっちりと目を開き、王子さまにほほえみました。

　お城のねむりの魔法もとけ、ふたりは幸せにくらしました。

おはなしクイズ
おひめさまは、なににさされて、ねむりに入った？

にげ出したパンケーキ

パンケーキは、食べられたくなくて……!?

たのしい

ノルウェーのお話

よんだ ■■■

ある日、お母さんがパンケーキを焼きました。おいしそうなにおいがしてきて、七人の子どもたちは、鼻をひくひく。

「おいしそう。ひと口だけちょうだいな」

お母さんはにっこり。

「パンケーキをひっくり返したら、少しね」

それを聞いていたパンケーキは、食べられたらたいへんと、フ

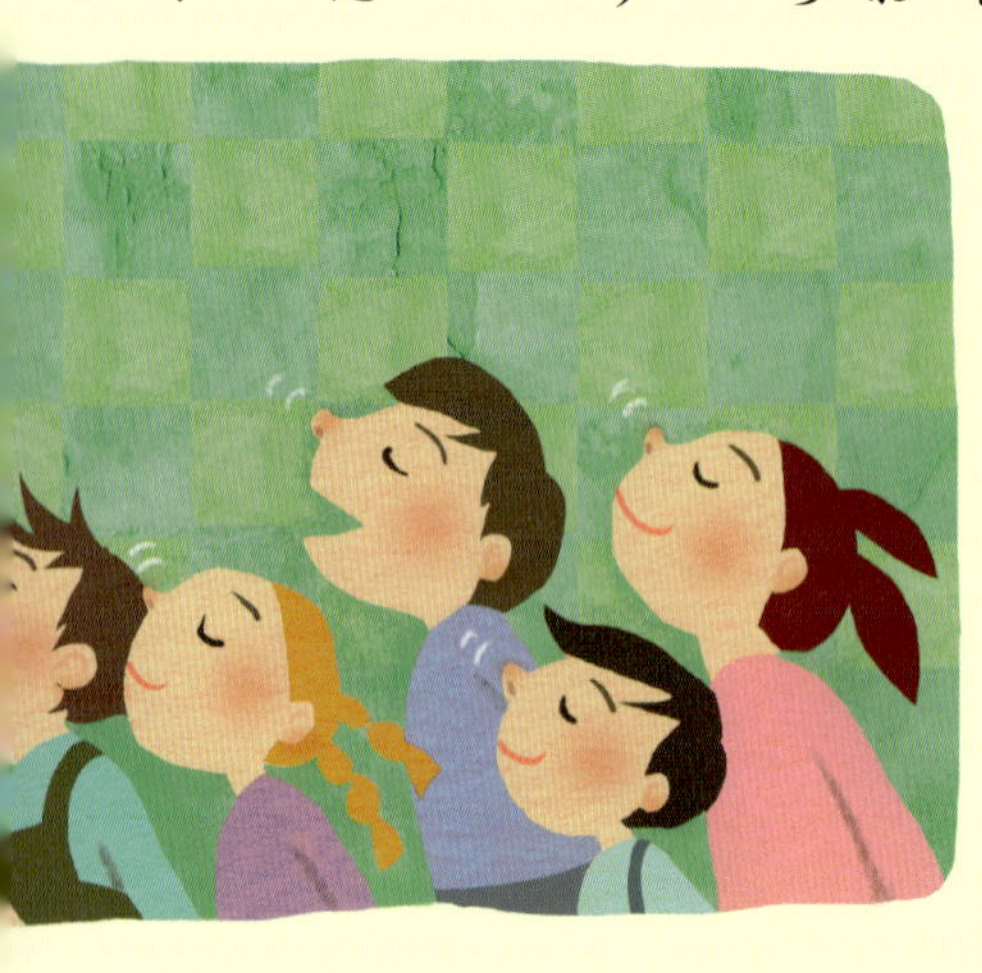

ライパンからとび出しました。それから、外へころころ転がっていきました。

「あらあら、待って！　パンケーキ」

お母さんと子どもたちは、おいかけました。けれど、パンケーキは、ころころころ、遠くまで転がっていってしまいました。

「うまそうだな。ぼくが食べてあげようか」

すれちがった男の人が、パンケーキに声をかけました。

「いやだ。お母さんと七人の子どもからにげてきたんだ。おまえな

149ページのこたえ　つむ

んかにつかまるかい」

パンケーキは、ころころころころころ転がっていきました。

メンドリ、オンドリ、アヒル、ガチョウなどに会い、つっつかれそうになりましたが、

「いやだよ。食べられてたまるかい」

と、ころころにげていきました。

そうこうしているうちに、ふとったブタが、のんびりした声で話しかけてきました。

「パンケーキくん、そんなに急いでどこに行くんだい」

「みんなに食べられそうになったから、ここまでにげてきたんだい」

「ほう、それはすごい！　ぼくはきみを食べる気なんて、これっぽっちもないさ。いっしょに散歩でもしようよ」

パンケーキは、ブタの言うことを信じて、ブタのあとをころころついていきました。しばらく行くと、川につきあたりました。

「こまった。橋がかかっていないぞ」

パンケーキがこまっていると、ブタはとびきりやさしい声で言い

ました。

「ぼくがおよいでわたるから、きみは、ぼくの鼻の上に乗っていけばいいさ」

「ありがとう、そうさせてもらうよ」

パンケーキは、その気になって、ブタの鼻の上にぴょんととび乗りました。そのとたん、ブタはパクリ！ と、パンケーキをひと口で食べてしまいましたとさ。

おはなしクイズ

フライパンからにげ出したパンケーキは、だれの口に入った？

北風がくれたテーブルかけ

北風が、魔法の道具をくれたのですが……

心あたたまる

ノルウェーのお話

よんだ ■■■

男の子が、病気のお母さんのためにパンを焼こうとしましたが、強い北風に小麦粉をふきとばされてしまいました。男の子はおこって、北風のもとへ行きました。

「北風さん、小麦粉を返してよ」

「小麦粉は返せないが、ごちそうが出るテーブルかけをやろう」

男の子は帰りに、宿でテーブルかけを広げて、つぶやきました。

「ごちそうを出しておくれ」

たちまち、たくさんのごちそうがあらわれました。

これを見ていた宿のおかみさんは、テーブルかけがほしくなり、男の子がねているすきに、ただの布ととりかえました。

ごちそうを出せなくなった男の子は、また北風をたずね、お金を出す羊をもらいました。

男の子は帰るとちゅう、前と同じ宿にとまり、つぶやきました。

「羊よ。お金を出しておくれ」

羊の口から金貨がいくつも出てきます。これを見ていた宿のおかみさんは、またもや、男の子がねているうちに、ふつうの羊ととりかえてしまいました。

つぎに男の子が北風からもらったのは、ステッキでした。

夜、宿のおかみさんが来たとき、男の子はさけびました。

「ステッキよ、たたけ!」

ステッキがたたきはじめると、おかみさんは悲鳴をあげました。

「すべて返すから、ゆるして」

男の子はステッキをとめ、テーブルかけと、羊を返してもらいました。三つの宝もののおかげで、男の子とお母さんは、ゆたかにくらせるようになりました。

おはなしクイズ
北風がくれたプレゼントのうち、金貨を出してくれた動物は、なに?

153ページのこたえ ブタ

アイリーのかけぶとん

新しいかけぶとんに喜ぶ夫でしたが……

たのしい

フィンランドのお話

よんだ ■■■

フィンランドの冬はとても寒く、深い雪でおおわれます。

アイリーは、夫のカールのために、ふかふかのかけぶとんをぬいました。カールは大喜び。

「やさしい妻がいて、おれはフィンランド一の幸せものだ」

カールはさっそく、かけぶとんをかけて、ねることにしました。

ところが、かけぶとんを耳のあたりまでひきあげたところ、足がはみ出しました。足をちぢめてみましたが、どうしても、かけぶとんにおさまりません。その晩は、ぐっすりねむれませんでした。

翌朝、カールはアイリーに言いました。

「あのかけぶとんは、上のほうはいいんだが、足のほうがたりないようだ」

「下がたりないのね。すぐ直すわ」

アイリーはかけぶとんの上のほ

うをはさみで切って、下につぎたしてぬいました。

「さあ、これでだいじょうぶ」

しかし、その晩も、カールの足はふとんからはみ出しました。

つぎの朝、カールはアイリーに言いました。

「どうしてかな。やっぱり足が出るんだよ」

アイリーは切り方が少なかったのだと思い、上のほうをたくさん切って、下につぎたしました。

ところが、その晩も、カールの足はかけぶとんから出ました。

こうして、カールは毎晩、足をちぢめ、アイリーは毎朝、かけぶとんをぬい直し、ふたりはすっかりくたびれました。

ある朝、アイリーが言いました。

「ねえ、カール。新しいかけぶとんをつくることにするわ」

どんなふとんになるでしょう?

おはなしクイズ
夫のカールは、かけぶとんから足と手のどちらが出てしまった?

155ページのこたえ　羊

画竜点睛（故事成語）

すばらしい龍の絵に、ひとみをかくと……

ためになる

中国のお話

よんだ ■■■

今から千五百年ほど昔、中国の梁という国に、張という絵かきがいました。

張のかく動物は、どれも生きているようだと、都で評判になっていました。

あるとき、張は安楽寺のかべに、龍の絵をかくようたのまれました。

張は四頭の龍をえがきました。どの龍も、ウロコがかがやき、今にも動きだしそうに見えます。

ただ、目にはひとみがなく、白いままになっていました。

人びとは、張にたずねました。

「どうして、ひとみをかかないんだい？」

「ひとみをかきいれると、龍がとび去ってしまうからさ」

「まさか！」

人びとはわらい、張にひとみをかくよう、強くたのみました。

しかたなく、張はかべにかかれ

た四頭のうち、二頭の龍にひとみをかきいれました。

すると、二頭の龍はくねくねとからだを動かし、かべをぬけ出てきました。

カッと人びとをにらみつけ、雷鳴をとどろかせて天にのぼっていきます。

かべには、白い目の龍二頭だけが、残されました。

このお話から、文章や絵、工作などを仕上げるときに、もっとも大事なところに手を入れて、全体をさらによくひきたてることを、「画竜点睛」というようになりました。「画竜」は龍をえがくこと、「点睛」はひとみをかくことを意味しています。

反対に、大事な最後の仕上げがしっかりなされず、全体の仕上がりがうまくいかないことを、「画竜点睛を欠く」といいます。

おはなしクイズ
張は、安楽寺のかべに龍を何頭かいた？

157ページのこたえ 足

三びきのクマ

女の子が森で見つけた家は、じつは……

イギリスのお話

よんだ □□□

女の子が森を歩いていくと、一軒の家がありました。

「まあ、すてきなおうち。だれのおうちかしら」

中に入ってみると、テーブルの上に、大きさのちがうスープが、三皿ならんでいました。

女の子は、大きなお皿のスープを、一さじすくって飲みました。つぎに、中くらいのお皿から一さじ。そして小さなお皿から飲むと、

「これがいちばんおいしいわ」

女の子は、いすにすわって飲みたくなったので、三つならんだいすの、いちばん大きないすによじのぼってすわってみました。なんだかすわりごこちが悪いので、中くらいのいすにすわりなおしましたが、やっぱりよくありません。いちばん小さないすにすわってみると、ぴったりです。

女の子は小さないすにすわって、小さなお皿のスープを、全部いただきました。

「おなかいっぱい！　ごちそうさま」

159ページのこたえ　四頭

女の子が、小さないすをギーギーゆらしてのびをすると、メリッメリメリ、ドッシーン。いすがこわれて、女の子はしりもちをつきました。

「いたたた」

女の子はおしりをさすって、となりの部屋に行きました。大きさのちがう三つのベッドがあったので、大きいほうから順番にねてみると、やっぱりいちばん小さなベッドがねごこちがよいのです。

「なんだか、ねむたくなってきたわ」

女の子は、小さなベッドで、クークーねむってしまいました。

さて、しばらくすると、三びきのクマが帰ってきました。ここは、クマの家族の家だったのです。

「おや、だれかがわたしのスープに口をつけたようだ」

大きな父さんグマが言うと、中くらいの大きさの母さんグマも言いました。

「あら、わたしのスープもよ」

小さな子グマがさけびました。

「ぼくのスープは全部食べられてる！　それに見て、ぼくのいすがこわれているよ！」

三びきは、となりの部屋に行きました。

「見て！　ぼくのベッドに女の子がねてる。さては、この子がやったんだな」

そのとき、女の子は目を覚まし、三びきのクマを見ると、はね起きました。

「ごめんなさい！」

女の子は、開いている窓から、走ってにげていきました。

おはなしクイズ

女の子がこわしてしまったいすは、だれのいす？

クリスマスの鐘

鐘が鳴るような
よいおくりものとは？

心あたたまる

アメリカのお話

よんだ ■■■

昔、ある町の教会に、「クリスマスの晩にだけ鳴る」といわれる、りっぱな鐘がありました。でも、まだだれも鐘の音を聞いたことはありません。神さまにすばらしいおくりものをしたときに、ひとりでに鳴る、といううわさでした。

町はずれの村に、ペドロという男の子と、弟がいました。弟は、ずっと、クリスマスの教会に行きたがっていました。

「よし、つれてってやるよ」

クリスマスイブに、ペドロはしっかり弟の手を引いて、町にむかいました。町の入口に来ると、女の人がたおれています。ペドロはポケットから銀貨を出し、弟に言いました。

「この銀貨は、神さまへのおくりものだよ。ぼくはこの人を助けるから、ひとりで行っておいで」

弟は、しかたなく、ひとりで教

会へ行きました。教会は、たくさんの人でいっぱいです。今年こそ鐘を鳴らしてみせようと、みんな、りっぱなおくりものをささげます。最後に王さまも来て、大切なかんむりをささげました。けれど、鐘は鳴りません。

だれもが、帰りかけたときです。

カラーン　コローン　カラーン

とつぜん、美しい鐘の音がひびきました。人びとがふり返ると、そこには、ペドロの弟が、ちょこんと立っていました。

「お兄ちゃんからあずかったお金を、神さまにあげただけだよ」

弟は、鐘を見上げて、あの女の人はきっと助かっただろうな、と思いました。

おはなしクイズ

ペドロが教会に行けなかったのはなぜ？

①女の人を助けていたから　②おなかが痛くなったから

163ページのこたえ　（小さな）子グマ

王さまの耳はロバの耳

床屋さんは、王さまのひみつを知り……

たのしい

ギリシャのお話

よんだ ■■■

昔、ある国に、ロバの耳が生えている王さまがいました。

　王さまは、いつも大きい帽子をかぶり、耳が見えないようにかくしていました。

　ある日のこと。王さまのかみの毛がのびてきたので、お城に床屋さんがよばれました。

「これ、床屋よ。これからなにを見ても、けっして人に言ってはならない。もし約束をやぶったら、おまえのいのちはないと思え」

　そう言って、王さまはゆっくりと、頭から帽子をとりました。床屋さんは、王さまのロバの耳を見てびっくり。

　でも、なんとか王さまのかみの毛を切り終えると、城をとび出しました。

「まさか、王さまの耳が、ロバの耳だなんて」

　床屋さんの心は、ひみつでいっ

床屋さんは、地面に深いあなをほりました。

ぱいになりました。（だれかに話したい。でも、約束をやぶったら、たいへんなことになってしまう）

どうしてもがまんができなくなった床屋さんは、とうとう、ひとりで野原に出かけていきました。

165ページのこたえ　①女の人を助けていたから

そして、まわりにだれもいないことを確認すると、あなにむかって大声でさけびました。

「王さまの耳は、ロバの耳！　王さまの耳は、ロバの耳！」

床屋さんは、あなをもとどおり

にうめると、すっきりした気分で家にもどりました。

それから、しばらくたったころ。床屋さんがうめたあなの上に、アシという植物がたくさん生えてきました。

すると、さやさやと、アシが風にゆれるたび、ふしぎなささやきが聞こえる、と国中でうわさになりました。

「王さまの耳は、ロバの耳。王さまの耳は、ロバの耳」

このうわさは、王さまのところまでとどきました。

「今までかくしておいたのに、床屋のやつめ。でも、こうなってはしかたない」

それから、王さまは帽子をとって、ロバの耳をかくさないでくらしたということです。

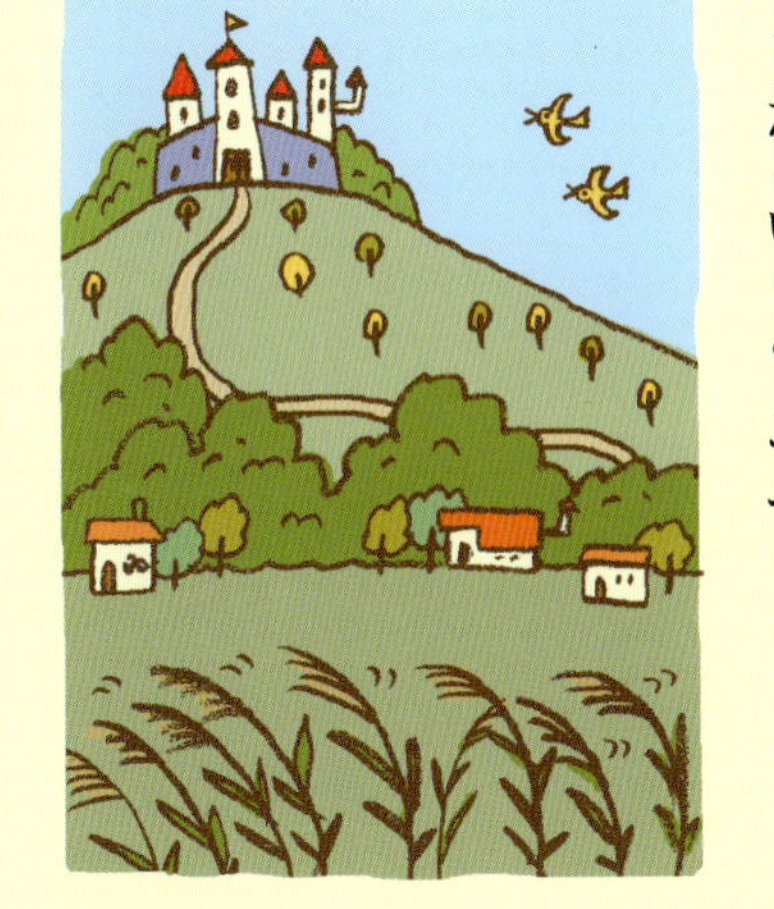

おはなしクイズ

王さまのひみつを国中にささやいたのはだれ？ ①床屋さん ②アシ ③子ども

マーシャとクマ

家に帰るためにマーシャは考えます

たのしい

ロシアのお話

よんだ■■■

ある村に、おじいさんとおばあさんと、マーシャという女の子がくらしておりました。

ある日のこと。マーシャは森でまいごになってしまいました。

しばらくしてマーシャは、一軒の小屋を見つけます。中に入ると、大きなクマが立っていました。

「おまえには、今日からわしのためにはたらいてもらおう」

マーシャは、クマとくらすことになりました。家に帰りたいマーシャは、考えて、考えて、いいことを思いつきます。

「ねえ、クマさん。おじいさんとおばあさんに、おかしをとどけに行ってもいいかしら」

「だめだ。わしが持っていこう」

するとマーシャは、大きな箱をクマにわたしました。

「とちゅうで開けてはだめよ。木の上で見張っていますからね」

マーシャは、クマが出かける用意をしているすきに、こっそりと箱の中にしのびこみました。

なにも知らないクマは、ずんずん村をめざします。しばらくして歩きつかれたクマは、おかしを食べようと、箱に手をかけました。

そのとたん！

「見えるわよ。きちんととどけて、おじいさんとおばあさんに！」

マーシャの声がひびきました。

そのあとも、クマが箱を開けようとするたびに、マーシャの声が聞こえてきました。

おじいさんの家が見えてきたときです。クマのにおいに、村の犬たちがいっせいにかけてきました。おどろいたクマは、大きな箱をほうり出し、森へにげて行きました。

「ただいま！」

箱からとび出したマーシャを、おじいさんとおばあさんは、大喜びでだきしめました。

おはなしクイズ

マーシャは、なににかくれて、家に帰った？

169ページのこたえ ②アシ

トム・ティット・トット

糸つむぎのかわりに言われた約束とは？

たのしい

イギリスのお話

よんだ □□□

リーズというむすめが、ある日、五まいのパイをぺろりと食べてしまいました。あきれたお母さんは、こんな歌をうたいました。

『うちのむすめはパイ食べた。一度に五まい、ぺろりとね』

　そのとき、王子さまが家の前を通り、「もう一度、うたっておくれ」と言いました。でも、お母さんは急にはずかしくなり、とっさにちがう歌をうたってしまいました。

『うちのむすめは糸つむぐ。一日五*かせ、カラリとね』

　王子さまは、リーズをよくはたらくむすめだと思い、なんと、結婚を申しこんだのです。さらに、

「結婚する前に、ぜひ歌のとおり、糸を五かせつむいでくれないか？」

　と言うのです。王子さまが帰ったあと、リーズがなやんでいると、不気味な声が聞こえてきました。

*かせ…一定の量でまとめた糸たばを、かぞえるときの単位。

「おれさまが助けてやろうか？」

見ると、小さな悪魔がいました。

「おれさまが糸をつむいでやる。かわりにおまえは、おれさまの名前をあてるんだ」

そう言って、悪魔は消えました。

つぎの日。様子を見にきた王子さまが、こんな話をしたのです。

「さっき森で、歌を聞いたんだ。『トム・ティット・トット、糸をつむぐ。一日五かせ、カラリとね』って」 

リーズは、ひょっとして、と思いました。

その夜、つむいだ糸を持って悪魔がやってきたとき、リーズは大声で言いました。

「おまえの名前は、トム。トム・ティット・トットよ！」

悪魔は、糸たばを残して消え、リーズは王子さまに五かせの糸たばをわたして、めでたく結婚しました。

おはなしクイズ
リーズが一度に食べたパイは何まい？

171ページのこたえ （大きな）箱

漁夫の利（故事成語）

二者があらそっているうちに……!?

中国のお話

よんだ■■■

「漁夫の利」というのは、昔の中国のお話からできた言葉です。

あるとき、趙という国が燕という国をせめようとしていました。それを知った燕の王さまが、せめるのをやめさせようと、趙に、蘇代という思想家を送りました。

蘇代は趙に着くと、王さまに、こんな話をしました。

「先ほど、わたしがここへ来るときのことです。川のそばを通りましたら、貝が口を開いて、ひなたぼっこをしていました。

すると、そこに鳥がやってきて、貝の肉をつつきました。つつかれた貝は、口を閉じて、鳥のくちばしをはさみました。

『あしたまで雨がふらなかったら、死んだ貝ができるだろうな』

『あしたまでくちばしがぬけなかったら、死んだ鳥ができるだろうな』

たがいにそう言いあって、どちらも相手を放そうとしません。

そうしているうちに、漁師（漁夫）がやってきて、難なく鳥も貝もとっていってしまいました。

今、趙が燕をせめて長い戦いになったら、どちらの国も弱ってしまい、漁夫のように得をするほかの国があらわれるのではないかと、わたしは心配しています」

この話を聞いた趙の王さまは、燕をせめるのをやめました。

「漁夫の利」というのは、ふたりであらそっているすきに、あらそいには関係のない人が利益を横どりする、という意味です。

おはなしクイズ
鳥のくちばしをはさんでいたのはなに？
①貝 ②カメ ③カエル

173ページのこたえ 五まい

知ってる？世界の昔話の豆知識

世界の昔話には、ふしぎな道具や魔法などが出てくるお話が、たくさんあります。物語の豆知識を見てみましょう。

「三」のつくお話

「三びきの子ブタ」(→P.128)をはじめ、昔話には、同じような状況を三回くり返すお話がよくあります。三回くり返すことで変化がうまれ、お話を楽しくしているのです。

ふしぎな人物

「シンデレラ」(→P.132)の魔法使いや、「トム・ティット・トット」(→P.172)の悪魔などは、魔法が使えます。森に住むこびとも、魔法を使えることが多いようです。

アラビアン・ナイト

「アラビアン・ナイト」は、いくつもの物語を、数百年かけて集めた物語集です。この本で紹介している「アリババ」(→P.136)も、その中のひとつです。

魔法の道具

魔法の道具には、その国のくらしの中で身近なものがよく使われています。「北風がくれたテーブルかけ」(→P.154)のテーブルかけも、見た目はふつうのテーブルかけです。

4章
生きる知恵を学ぶ
日本と世界の名作

ピノキオのぼうけん

コッローディ

動けるあやつり人形、ピノキオの物語

心あたたまる

イタリアのお話

よんだ■■■

昔、ゼペットじいさんが、話をするふしぎな木切れをもらいました。それであやつり人形をつくると、動きだしました。ゼペットじいさんは、人形にピノキオと名前をつけて、かわいがりました。

ある日、ピノキオは学校へ行くとちゅうで、しばい小屋に入りたくなり、ゼペットじいさんが、無理をして買ってくれた教科書を売ってしまいました。

しかも、ピノキオは、しばいのじゃまをして、小屋の親方から大目玉を食らいます。でも、ゼペットじいさんの話をすると、親方は同情して金貨をくれました。

その金貨も、悪いキツネとネコにだまされて、とられてしまいます。とぼとぼと家にむかうピノキオのところに、ハトがやってきました。

「ゼペットじいさんが、きみをさ

＊るり色…るりという宝石のような、むらさきがかった青色。

がして小舟で海に出たよ」

それを聞いたピノキオは、海岸にかけつけ、波にのまれる小舟を見つけます。ゼペットじいさんの舟です。ピノキオは、海にとびこみ、ひと晩中およいで島に着きました。そして、ゼペットじいさんが大きなサメに飲みこまれたことを知ったのです。

がっくりするピノキオの前に、*るり色の髪の美しい仙女があらわれて言いました。

「やさしくて、いい子になったら、人間にしてあげますよ」

ピノキオは、人間になりたいと思い、いい子になると約束をして、また学校に通いだしました。

175ページのこたえ ①貝

ところがピノキオは、友だちにさそわれて、毎日遊んでいてもいいというおもちゃの国へ行ってしまいます。そこは本当は、悪い男が子どもをロバにかえて売るところでした。

　ピノキオもロバにされて売られましたが、海をおよいでにげました。海の中で、ロバの皮がはがれ、もとの人形にもどりました。ところが今度は、サメに飲みこまれてしまいます。

「ピノキオ！」

サメのはらの中にはなんと、ゼペットじいさんがいたのです。ふたりはサメがねむっているすきに、歯と歯のあいだからにげ出しました。

　それからというもの、ピノキオはゼペットじいさんを助けて、一生けんめいはたらきました。

　ある夜、ピノキオの夢に仙女が出てきました。

「あなたは、本当にいい子になりましたね。約束どおり、人間にしてあげましょう」

　つぎの朝、目を覚ますと、ピノキオは人間になっていました。

おはなしクイズ
ピノキオは、おもちゃの国でなんの動物にかえられた？

フランダースの犬

ウィーダ

少年ネロと、犬のパトラッシュの物語

かなしい

ベルギーのお話

よんだ ■■■

フランダース地方の小さな村に、ネロという少年がいました。両親が死んだあと、おじいさんに引きとられ、まずしくても幸せな毎日を送っていました。

　ある日、ふたりは、道にたおれていた大きな犬を助けました。ひどい飼い主にこき使われ、すてられたのです。犬は、パトラッシュと名づけられ、ネロと大の仲よしになりました。パトラッシュは、力持ちで、かしこい犬でした。彼らは助けあってくらしました。

　ネロにはもうひとり、仲よしがいました。それは、村でいちばんのお金持ちの粉屋のむすめ、アロアでした。粉屋の主人は、まずしいネロとむすめが仲よくすることを、よく思いませんでした。

　ネロは、アントワープという町の教会堂にたびたび通っていました。アントワープは、有名な画

家、ルーベンスのふるさとで、教会堂には絵がかざられていました。けれど、その絵は、お金がないと見ることができません。

「ああ、ひと目見られたらなあ」

教会をあとにするネロの顔は、いつも悲しげでした。ネロは、読み書きはできませんでしたが、すばらしい絵の才能があったのです。村では、年に一度、絵のコンクールがありました。

優勝すれば賞金がもらえ、画家になることができます。ネロは、だれにもうちあけずにコンクールに出品しました。

ある日、粉屋の風車小屋が火事になりました。すると、粉屋の主人が、ネロに向かってこう言ったのです。

「よくこのあたりをうろついてい

181ページのこたえ ロバ

たな。火事もおまえのせいだろう」

　村人たちは、お金持ちの粉屋に悪く思われたくないので、ネロに冷たくあたるようになりました。仕事もへり、病気のおじいさんをやしなうのも、やっとです。そして、クリスマスも近いある日、とうとうおじいさんは亡くなったのです。ネロとパトラッシュは、おじいさんと住んでいた家をおい出されてしまいました。

　今では、ネロの希望は、絵が入選することだけでした。でも、その願いはかないませんでした。あてもなく歩いていると、パトラッシュが雪の中に財布を見つけました。それは、粉屋の主人のものでした。ネロは粉屋をたずねて、財布をアロアのお母さんにわたし、

「この犬のめんどうを見てやってください」

　とたのんで、パトラッシュを置いて出て行きました。帰ってきた粉屋の主人はおどろき、今までネロにひどいことをしたことを、心からくやみました。けれど、もうおそすぎたのです。

　ネロはひとり、教会堂に入り、

冷たい石畳の上でねむりかけていました。粉屋からネロの足あとをたどってきたパトラッシュが、そばによりそいました。

そのとき、教会の窓から月の光がさしこみ、おおいのはずれた二まいの絵をてらしたのです。

「ああ、パトラッシュ。とうとう見たんだ！ 神さま、もうぼくはなにもいりません」

ネロは、パトラッシュをだきしめました。

翌朝、村人たちは、ほほえみをうかべたまま亡くなっている少年と犬を見つけました。ふたりは、永遠にはなれることなく、天国にのぼったのです。

おはなしクイズ

ネロがどうしても見たかった絵の作者はだれ？ ①ゴッホ ②ルーベンス ③レンブラント

手ぶくろを買いに

新美南吉

子ギツネは、手ぶくろを買いに行きます

心あたたまる

日本のお話

よんだ■■■

寒い冬の朝、ほらあなから出ようとした子ギツネは、

「目になにかささった！」

と、母さんギツネのところへ転げてきました。雪にお日さまが反射して、まぶしかったのです。

かけまわって遊ぶと、子ギツネの手はすっかり冷たくなりました。母さんギツネは、毛糸の手ぶくろを買ってやろうと思いましたが、その夜、町のあかりを見たとたん、こわくて足がすくんでしまったのです。それでしかたなく、ぼうやをひとりで行かせることにしました。

母さんギツネは、ぼうやの片手をかわいい人間の手にかえると、かならず、人間の手のほうを見せるんだよ、と言い聞かせました。

ところが、ぼうし屋に行った子ギツネは、まちがえてキツネの手のほうを出してしまったのです。

「このおててに、ちょうどいい手ぶくろをくださいな」

やさしいぼうし屋さんは、子ギツネの出した銅貨をたしかめると、だまって手ぶくろを売ってくれました。心配していた母さんギツネは、帰ってきたぼうやをだきしめて、喜びました。

「ぼく、まちがえて本当のおてて出しちゃったの。でも、ぼうし屋さん、ちゃんとあたたかい手ぶくろをくれたよ」

子ギツネは、手ぶくろをはめた両手をパンパンやって見せました。

「本当に人間はいいものかしら」

母さんギツネは、何度もつぶやきました。

おはなしクイズ

手ぶくろを買いに行った子ギツネは、どっちの手を出した？　①キツネの手　②人間の手

185ページのこたえ　②ルーベンス

てんしき

おしょうさんが、知ったかぶりを……

たのしい

落語のお話

よんだ ■■■

お寺のおしょうさんが、おなかの調子が悪いので、お医者さんに来てもらいました。

「てんしきは、ありますかな」

てんしきとはなにか、おしょうさんは知りません。でも、知らないとは言えずに、こたえました。

「てんしきは、ありませんなあ」

お医者さんは薬をくれて、

「あした、また来ます」

と、帰っていきました。

「はて、てんしきとはなんだろう」

おしょうさんは、小僧さんをよびました。

「てんしきを持ってきなさい」

「てんしきってなんですか」

「てんしきも知らないのか。だれかに聞いて、持ってきなさい」

小僧さんは、お医者さんにたずねに行きました。

「てんしきは、おならのことじゃ」

「なんだ、おしょうさんも知らな

かったのか」

小僧さんは、おしょうさんをこまらせてやろうと、古いさかずきを持っていきました。

「おしょうさま。てんしきです」

翌日。おしょうさんは得意気に、

「てんしきがありました」

と、さかずきの入った箱を、お医者さんにさし出しました。


「箱を開けると、においますかな」

「においません。わたでくるんでいます」

小僧さんは、柱のかげで大わらい。お医者さんが箱を開けると、さかずきが入っていました。

「てんしきとは、おならのことですが」

おしょうさんはとっさにこたえました。

「寺では昔から、さかずきのことを、てんしきと言います」

「それはまた、いつのころから」

「奈良、平安のころからです」

おはなしクイズ
おしょうさんは、小僧さんにだまされて、てんしきのことをなんだと思ってしまった？

187ページのこたえ ①キツネの手

青い鳥

メーテルリンク

きょうだいは幸せの青い鳥をさがします

心あたたまる

ベルギーのお話

よんだ■■■

クリスマスの前の晩、兄のチルチルと妹のミチルが外をながめていると、魔女があらわれました。

「わたしのむすめが、悪い病気にかかってね。幸せになれるという、青い鳥がほしいんだよ。さがしてきてくれないかい？」

チルチルとミチルがうなずくと、魔女はダイヤのついた帽子を出しました。

「このダイヤをまわしてごらん」

チルチルが帽子をかぶってダイヤをまわすと、思い出の国に着きました。死んだおじいさんとおばあさんが、むかえます。

チルチルは目をまるくしました。

「また会えるとは、思わなかった」

おじいさんが、ほほえみました。

「おまえたちが、わしらを思いだしてくれれば、いつでも会えるよ」

チルチルとミチルは近くにいた青い鳥をつかまえて、思い出の国を出ました。しかし、青い鳥はすぐに黒い鳥にかわってしまいました。

つぎに着いたのは、夜のごてんでした。ふたりは暗い部屋を順番に見てまわりました。最後の部屋のドアを開けると、たくさんの青い鳥がとんでいました。

「うわあ、すごい」

チルチルとミチルは青い鳥をつかまえて、鳥かごに入れました。

しかし、夜のごてんを出たとたん、青い鳥はすべて死んでしまいました。ふたりは泣きながら、つぎへ向かいました。

着いたのは、幸福の花園でした。近づいてきた天使に、ミチルがあいさつしました。

「はじめまして」

「はじめましてだって？　ぼくら幸福はいつだって、きみたちのそばにいたのに、気がつかなかったのかい？」

189ページのこたえ　さかずき

幸福と会えて、チルチルとミチルはとてもうれしくなりました。しかし、ここには青い鳥はいませんでした。

つぎに着いた未来の国には、これからうまれる子どもたちがいました。時の番人が大きなとびらを開けて、子どもたちを見送っています。

チルチルとミチルは柱のかげにかくれて見ていましたが、時の番人に見つかってしまいました。

「そこで、なにをしている!」

チルチルはあわてて、帽子のダイヤをまわしました。

目が覚めると、家でした。

「いつのまに、帰ってきたんだろう？」

部屋を見まわすと、鳥かごに青い鳥がいました。

「ぼくのキジバトが青くなってる。ずいぶん遠くまでさがしに行ったけど、青い鳥はここにいたんだね」

そのとき、となりの家の女の子がやってきました。女の子は病気でしたが、青い鳥を見ると、いっぺんで元気になりました。

「こんな鳥を飼ってみたいわ」

「じゃあ、きみにあげるよ。エサをやってみるかい？」

チルチルの言葉に、女の子は目をかがやかせました。

「いいの？ うれしい」

ところが、鳥かごの戸を開けると、青い鳥はとんでにげていってしまいました。

泣きだした女の子に、チルチルはやさしく言いました。

「泣かないで。ぼくがまた青い鳥をつかまえてあげるから」

おはなしクイズ

チルチルとミチルが最初におとずれたのは、どこ？ ①思い出の国 ②未来の国 ③幸福の花園

ガリバーのぼうけん

スウィフト

ガリバーがたどり着いた国は……

たのしい

イギリスのお話

よんだ ■■■

ガリバーは舟に乗り、めずらしい世界の国を見てまわっていました。ところが、あるあらしの夜、舟が岩にぶつかり、ガリバーは暗い海に投げ出されたのです。あれた海を必死におよいで、どうにか丘に着くと、ガリバーはそのままねむってしまいました。

つぎの朝、目が覚めたガリバーはびっくり。からだ中をロープでしばられていて、まわりには、こびとが大勢いるではありませんか。

「ここはどこだ？　こびとの国なのか？」

ガリバーがおとなしくしていると、こびとたちはパンや肉を、口に入れてくれました。それから、ガリバーは大きな木の車に乗せられ、都の王さまのところへつれていかれました。

「ほう！　なんと大きい。人間山だ」

王さまはおどろきました。でも、

ガリバーがれいぎ正しく、やさしい人だとわかると、ロープをほどいてくれました。
自由になったガリバーは、こびとの国を見物しました。だんだんこびとの言葉もわかるようになって、こびとたちと仲よくなりました。
そんなある日、となりの国の兵隊が、五十そうの舟に乗って戦争をしかけてきたのです。
「ガリバー、いっしょに戦ってくれないか」

193ページのこたえ ①思い出の国

王さまが言いました。

「わかりました。戦争はきらいですが、力をおかししましょう」

ガリバーは、つり針がついている五十本のつなを持って、海へと入っていきました。海といっても、ガリバーのひざくらいの深さしかありません。敵の兵たちが、びゅんびゅんと矢をとばしてきます。けれど、ガリバーはへっちゃら。つり針を敵の舟にひっかけると、あっというまに、五十そうをひっぱってもどってきました。

「ガリバー、よくやった。残っている敵の舟も全部とってきてくれ」

「王さま、もういいでしょう」

ガリバーはことわりましたが、わがままな王さまは聞きいれません。そこでしかたなく、ガリバーはこの国を出ていくことにしたのです。敵だったとなりの国まで歩いていき、そこでくらしはじめました。

ある日、海岸を散歩していると、こわれた舟が流れてきました。

「これで、ふるさとにもどれるぞ」

ガリバーは、舟を直すと、自分の国に帰りました。

おはなしクイズ
ガリバーがおよいでたどり着いた国は、どんな国？

幸福な王子

ワイルド

王子の像は、人びとの幸せを願います

イギリスのお話

よんだ■■■

町を見おろす台座に、幸福な王子の像がありました。からだは金でおおわれ、目にはサファイア、剣にはルビーがはめこまれた、それは美しい王子でした。

一羽のツバメがやってきました。エジプトへと旅に出た仲間たちを、あわてておいかけているところでした。そのとき、王子のなみだがツバメの頭に落ちました。

生きているとき、お城の中で幸せにくらしていた王子は、像になって町を見わたしてはじめて、まずしい人、悲しんでいる人が、たくさんいることを知ったのです。

「あの母親に、わたしの剣のルビーをとどけておくれ。病気のぼうやに飲ませる水がないのだよ」

ツバメが言うとおりにすると、つぎの日も、王子は言いました。

「おしばいを書いている、あの若者に、わたしの片目のサファイアをあげておくれ。おなかがすいて、気をうしなってしまうよ」

王子の願いをきいたツバメは、今度こそエジプトに行こうと思いました。ところが、王子はまた言いました。

「ツバメくん、もう一日だけ、そばにいてくれないか。そして、もうひとつの目をぬきとって、あのマッチ売りの女の子にとどけておくれ。マッチが売れなくては、またお父さんにぶたれるだろう」

「そんなことをしたら、あなたは目が見えなくなってしまいます」

やさしいツバメは泣きましたが、言うとおりにしました。女の子はうれしそうに家に走っていきました。王子は言いました。

「さあ、もうエジプトにお行き」

ツバメは首をふりました。

「いいえ、わたしはもうずっと、あなたのおそばにいます」

そして、遠い国で見た、おもし

ろいことやふしぎな話を、王子にたくさん話して聞かせました。

「やさしいツバメくん、わたしの心が痛むのは、苦しんでいる人たちがいることだ。どうか、わたしのかわりに町に行って、見てきたことを話しておくれ」

ツバメは町をとびまわり、陽気にさわいでいる家の外で、まずしい人がうずくまっていることや、おなかをすかせた子どもたちが、雨にぬれてさまよっている様子を、王子に聞かせました。そのたびに王子は、自分のからだの金ぱくをはがしてとどけさせました。

金をはがされた王子は、くすんだ灰色になってしまいました。けれど、金ぱくを受けとると、人びとの顔は明るくなり、子どもたちはわらって遊びはじめました。

そして、とうとう雪がふりました。ツバメは、やっとのことで舞いあがり、

「さようなら。もうお別れです」

と、王子にキスをすると、ぽとりとその足もとに落ちました。そのとき、ぴしっと音がして、王子のなまりの心臓がわれました。

やがて、ぼろぼろになった王子の像は、工場の炉でとかされましたが、なまりの心臓だけはとけずに、死んだツバメとともに、ゴミの山にすてられました。

「この町でいちばん尊いものをふたつ、ここへ持っておいで」

神さまからそう

言われて、天使は、王子のなまりの心臓と死んだツバメをとどけました。

それを見た神さまは、

「ツバメは天国でいつまでもうたい、幸福な王子は黄金の都で、ずっとわたしのそばにいられるようにしてあげよう」

と、ほほえみながら、おっしゃいました。

おはなしクイズ
王子のからだで、ひとつだけ、炉でとけなかったものは？

美女と野獣

ボーモン夫人

心やさしい末むすめは野獣のもとへ……

心あたたまる

フランスのお話

よんだ■■■

　三人のむすめがいるお父さんが、森の中であらしにあいました。ちょうどお城があり、入るとだれもいません。でも、だんろはあたたかく、おいしい食事もあって、休むことができました。

　朝、お父さんは、庭に咲くバラを、むすめのために一本折りました。そのときです。おそろしい野獣があらわれて、おこりました。

「助けたのに、よくもバラを！」

　お父さんはあやまりましたが、野獣は、むすめをつれてこなければゆるさないと言います。

　そんなことはできません。お父さんは、むすめたちにお別れをしに家に帰りました。すると、

「わたしが野獣のもとへ行くわ」

　末むすめのベルは、とめるのも聞かず、お城へ行きました。

「よく来てくれた、ベルよ」

　はじめは、野獣がこわかったたべ

ルも、だんだんと野獣のやさしさを知り、仲よしになりました。

しばらくして、お父さんが病気だという知らせがきました。

「お父さんにひと目会わせて」

「ベル、帰ってきてくれるね」

野獣は、ベルを信じました。

お父さんはベルに会い、元気になりました。ふたりの姉は、美しいドレスを着たベルをねたみ、ベルを家にひきとめました。

ベルは、野獣とはなれて、はじめて自分の気持ちに気づいたのです。姉たちをふりきり、野獣のもとへもどりました。

「わたし、あなたが好き。あなたのおよめさんにしてください！」

そうベルが言うと、すべての魔法がとけ、野獣は、それはすてきな王子のすがたにもどりました。ふたりはいつまでも仲よく、幸せにくらしたということです。

おはなしクイズ ベルははじめから、野獣が好きだった。〇か×か？

201ページのこたえ なまりの心臓

賢者のおくりもの

ヘンリー

妻と夫が、たがいに用意したものは……

心あたたまる

アメリカのお話

よんだ □□□

銅貨をかぞえて、デラはため息をつきました。クリスマスだというのに、夫のジムにプレゼントを買うこともできません。でも、鏡を見て、デラははっとしました。こしまでたれた長く美しいかみ。まずしいこの家でたったふたつ、じまんできるのは、デラのかみの毛と、ジムの時計でした。

　デラは、町の美容院で、長いかみを二十ドルで売ると、ジムの金時計にぴったりの、すばらしいプラチナのくさりを買ったのです。帰ってきたジムは、デラを見るなり、ぽかんと立ちつくしました。

「かみの毛は、売っちゃったの。かわりに、すてきなプレゼントがあるのよ」

　ジムはデラをだきしめると、ポケットから包みを出しました。その中身は、デラの長いかみに合う、美しいくしだったのです。

「かみの毛はすぐにのびるわ。これはわたしからのプレゼントよ」

デラは、ジムの手にくさりをのせました。ジムは言いました。

「デラ、じつは、くしを買うために、時計を売っちゃったのさ」

デラはジムをだきしめました。

クリスマスプレゼントの習慣は、東の国から来た三人の賢者が、うまれたばかりのイエス・キリストにおくりものをささげたことからうまれたそうです。

ジムとデラは、自分のいちばんの宝ものを、相手へのおくりもののためにうしないました。けれど、ふたりのような人たちこそ、〝東方の賢者〟といえるのです。

おはなしクイズ　デラは、ジムにくさりを買うために、なにを売った？　①鏡　②自分のかみ　③くし

203ページのこたえ　×

ごんぎつね

新美南吉

小ぎつねがした、いたずらが……

ごんはひとりぼっちの小ぎつねで、森から村へ出てきては、いたずらばかりしていました。
　ある日、小川で魚をとっている兵十を見かけたごんは、いつものいたずら心がわいて、こっそり魚をにがしはじめました。でも、最後にうなぎをにがそうとしたとき、兵十に見つかってしまったのです。ごんはびっくりして、うなぎを首にまいたま

日本のお話

よんだ ■■■

まにげ出しました。

十日ほどたって、ごんが村へ行くと、村は葬式の最中でした。死んだのは、兵十のおっ母のようです。

「兵十のおっ母は、きっとうなぎが食べたかったんだ。それなのに、兵十はおっ母に、うなぎを食べさせてやれなかったんだ」

ごんは、あんないたずらをしなければよかったと思いました。兵十がさびしそうにしているのを見ると、おれと同じだなあと思って、ごんもさびしくな

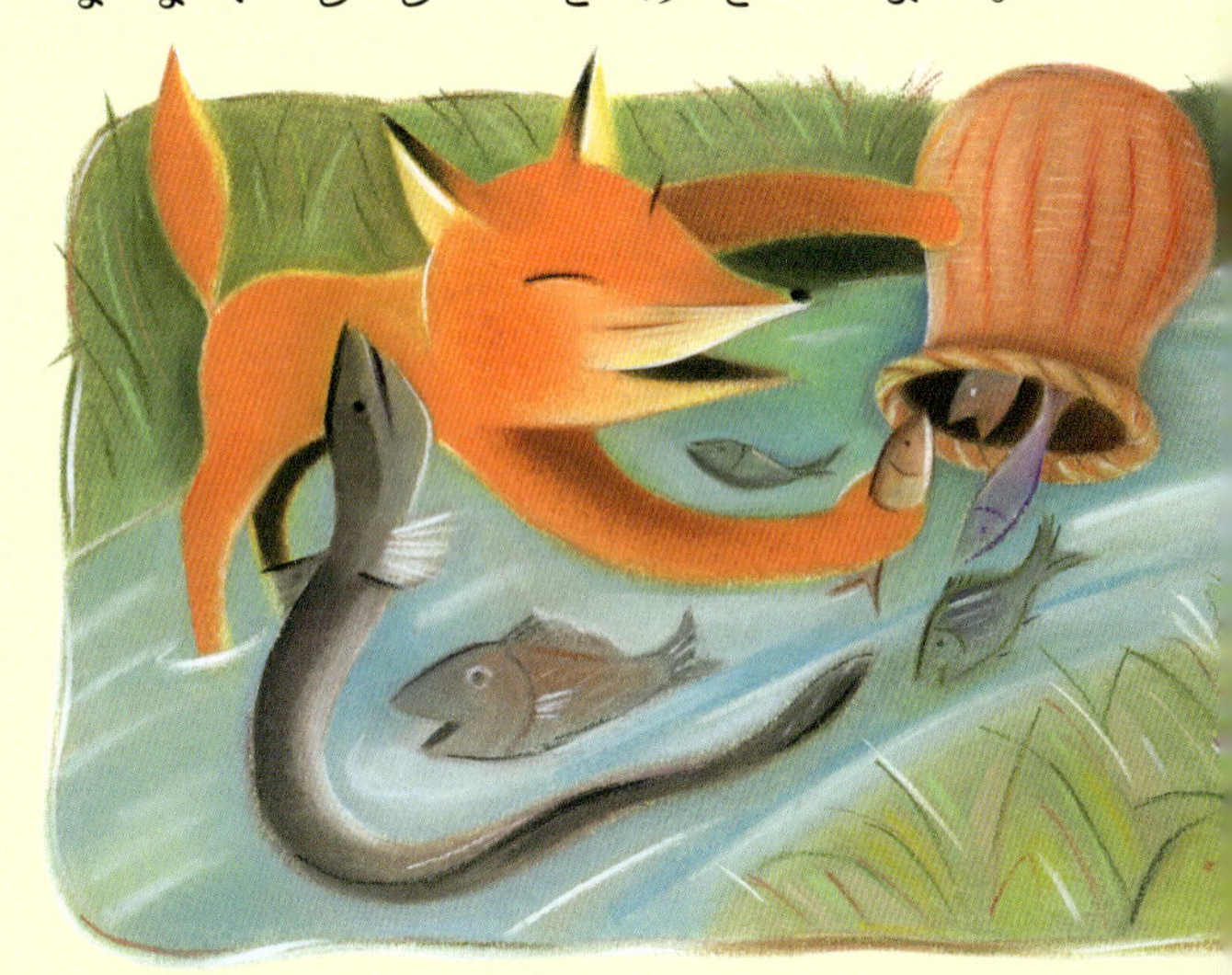

205ページのこたえ ②自分のかみ

りました。

なんとか元気にしてやりたくて、いわしをぬすんで兵十のうちに投げこみました。でも、兵十はぬす人と思われて、いわし屋になぐられてしまったのです。

「あぁ、また、おれのせいだ」

しまったと思ったごんは、山でとれた栗やまつたけを、毎日、兵十の家にとどけてやりました。兵十には、だれがくれるのかわかりません。

「きっと、神さまのしわざだぞ」

加助というお百姓にそう言われ、それを信じようとしています。

ごんは、つまらないなと思いました。栗やまつたけを持っていっているのは自分なのに、お礼も言ってもらえないのですから。

けれどそれでも、ごんはつぎの日も、栗を持って兵十のうちに出かけました。その日は兵十が物置でなわをなっていたので、ごんは家のうら口からこっそり中へ入りました。

悪いことに、それを兵十が見つけたのです。

「うなぎをぬすんだごんぎつね

め。ようし」
兵十は、火なわじゅうに火薬をつめて、戸口を出ようとするごんを、ドン、とうちました。ごんはばたりとたおれました。かけよった兵十が見つけたのは、土間に置いてある栗でした。
「ごん、おまえだったのか。いつも栗をくれたのは」
ごんがぐったりと目をつぶったままうなずくと、兵十の手から火なわじゅうが落ちました。青いけむりが、まだつつ口から出ていました。

おはなしクイズ
ごんは、兵十にどうなってほしくて、何度も兵十のところに行った？

まんじゅうこわい

松ちゃんが白状した、こわいものとは……

たのしい

落語のお話

よんだ ■■■

若者たちが集まって話をしているうちに、「こわいもの」を白状することになりました。

「おれはヘビがいやだね。道でヘビに出くわすと、すぐにげ出すよ。長いもんはなんでもいやだ」

「おれはクモだ」

「あんな小さいもんが？」

「おいらは、ナメクジがいやだね」

「おれは毛虫だ」

みんながこわい話でもりあがっているのに、話に入ってこない松という男がいました。

「おい、松ちゃん、だまって人の話ばかり聞いていて、おまえにはこわいものはないのかい」

「ないよ。いい若いもんがばかばかしい」

「おまえにだってひとつくらいは、こわいものがあるだろう」

「やだな。しつこく聞くから思い出してしまったじゃないか」

「なんだい。正直に言えよ」

「おれは、まんじゅうがこわい」

「まんじゅう！ わっははは」

みんなは大わらい。松はこわいこわいと背中をまるめてとなりの部屋へにげていきました。

みんなは相談し、手分けしてまんじゅうを買ってきました。

おぼんに山のようなまんじゅうをのせ、ふとんをかぶってふるえている松の枕元に置きました。

「まんじゅうだ！ こええー」

松の悲鳴が聞こえ、みんなはにんまり。でも、なんだか様子が変です。部屋をのぞいてみると、松はまんじゅうをむしゃむしゃうまそうに食べていました。みんな、まんまとだまされたのです。

「本当はなにがこわいんだ」

「へへへっ、今度はあつーいお茶がこわい」

おはなしクイズ
松は、まんじゅうを食べたあとに、なにがこわいと言った？ ①ヘビ ②熱いお茶 ③毛虫

209ページのこたえ 元気

枕草子〜春はあけぼの〜

清少納言

日本の季節のよさをあげてみましょう

古典のお話

よんだ■■■

『枕草子』は、平安時代に清少納言が書いたものです。これは随筆といわれ、自分の思ったことや感じたことが書かれています。「春はあけぼの」は、春夏秋冬、それぞれの季節の美しさを伝えています。

（口語訳）

春は夜が明けるときがいい。だんだんあたりが白くなって、山の上に赤紫色にそまった雲が細くただよっているのがすてき。

夏は夜がいい。月が出ていない真っ暗な夜でも、ホタルがとびかっているのは、すてき。ほんの一、二ひきがぼんやり光ってとんでいく

のもいい。雨なんかがふるのも、とてもいい。

秋は夕ぐれがいい。赤い夕日が、山ぎわにしずもうとするころ、カラスがねぐらへもどろうと、急いでとんでいく様子はしみじみとする。まして、カリ（ガン）などが、ならんでとんでいくのが遠くに見えるのは、本当にすてき。すっかり日がしずんだあと、風の音や虫の鳴き声などが聞こえるのは、言いようのないほどいい。

冬は朝早いときがいい。雪のふっている朝も、霜が真っ白におりているときも、とても寒い朝に火を大急ぎでおこして、炭火を持ってはこんで歩くすがたは、いかにも冬の朝らしくていい。でも、昼になって、寒さがゆるんでいくと、火鉢の中の炭火が白い灰ばかりになってかっこ悪い。

おはなしクイズ

夏の真っ暗な夜に、光ってとんでいるものはなに？

211ページのこたえ　②熱いお茶

古典のお話

東海道中膝栗毛

十返舎一九

ふたりの江戸っ子が、宿のふろ場で……

花の江戸っ子、弥次さんと喜多さんが、京都に遊びに行くことになりました。てくてく歩いて小田原に着いたころ、日がくれたので、一夜の宿をとることにしました。

「まず、ふろに入りたいな」

弥次さんがふろ場をのぞくと、おかまのような湯ぶねの中に、木の板が一まいうかんでいます。

これは五右衛門ぶろという、関西風のふろおけです。鉄板でできたふろの底を火で熱するため、とても温かいのです。しかし、そのまま入ったのでは足のうらをやけどしてしまうので、この木の板に乗って、湯につかるのです。

ところが、江戸っ子の弥次さん、そんなことは知りません。てっきりふろのふたが落ちたのだと思いこみ、板をどかして五右衛門ぶろに、ドボンととびこみました。

「あちちーッ、こりゃだめだ！」

よんだ ■■■

弥次さんは便所のゲタを持ってきてはくと、もう一度、五右衛門ぶろにつかりました。

「うんうん、今度はだいじょうぶ」

いい気分でふろから出ると、つぎは喜多さんが入る番です。

「喜多さん、そこのゲタをはいて入るんだよ」

「どれどれ。こりゃいい具合……って、あぢぢぢーッ！ しりがふろの底にあたっちまった！」

喜多さんは、しりがあたるたび、ゲタを鳴らして大さわぎ。とうとうふろの底がわれ、お湯がふろ場の外まであふれ出しました。

「こまりますよ、お客さん！」

喜多さんは真っ赤なおしりをまる出しにして、ペコリ。

「へい、どうもすんません」

ふたりは、宿の主人からさんざんしかられてしまいました。

おはなしクイズ
おしりを真っ赤にしたあげく、ふろの底をわってしまったのは、弥次さん、喜多さんのどっち？

213ページのこたえ ホタル

くるみわり人形

ホフマン

くるみわり人形が、大ネズミと戦って……

ふしぎ

ドイツのお話

よんだ■■■

クリスマスイブの夜、マリーの家はプレゼントでいっぱい！　おいしそうなおかし、おもちゃの馬や兵隊。そして少しかっこうの悪いくるみわり人形。お兄ちゃんは「へんな人形だな」とわらいました。でも、マリーは人形に言いました。

「今夜から、友だちよ」

真夜中のことです。ベッドの下で音がして、マリーが目を覚ますと、床下からたくさんのネズミが出てきました。先頭にいるのは、七つの頭をもつ大ネズミです。ネズミたちはマリーにおそいかかろうとしました。そのとき、くるみわり人形が大声でさけんだのです。

「みんな、戦うんだ！」

すると、おもちゃの兵隊たちが動きだし、はげしい戦いがはじまりました。マリーも夢中でネズミにくつを投げつけましたが、いつの間にか気をうしなってしまい、目を覚ますと、ふつうの朝でした。

「夢を見たのよ」

みんなそう言ってわらいます。

でも、ドロッセルマイヤーおじさんだけはわらわずに、マリーにこんな昔話を聞かせてくれました。

昔、ある国の王さまがソーセージをぬすんだネズミをころしたところ、子どものおひめさまがみにくいすがたになってしまいました。のろいをとけるのは、クルミを歯でわって食べさせることができる王子さまだけです。歯の強い王子さまは、おひめさまにくるみを食べさせてあげました。でもそのとき、王子さまはネズミをふんづけてしまったのです。ふまれたのは、ころされたネズミの子どもの、七つの頭をもつ大ネズミです。それで今度は王子さまが、のろいによって、くるみわり人形にされてしまった……というのです。

215ページのこたえ 喜多さん

マリーは話を聞きながら、くるみわり人形をだきしめました。

「おじさん。この人形が王子さまね。助けられるのはわたしだけね」

マリーがそう言うと、おじさんはゆっくりとうなずきました。

その夜、ネズミたちはまたやってきました。人形たちも動きだしました。くるみわり人形は、マリーの前にひざまずいて言いました。

「わたしに剣をさずけてください」

マリーはすぐに、おもちゃの剣をくるみわり人形にわたしました。すると、くるみわり人形は大ネズミに、戦いをいどみました。

「とどめだ！」

剣が光り、ネズミがたおれました。そしてマリーの前には、りっぱな王子さまが立っていたのです。

「わたしは、おかしと人形の国の王子です。ありがとう。みんな、あなたのおかげです」

王子さまは、マリーを自分の国につれていきました。氷砂糖の野原を通り、アーモンドとほしぶどうの門をくぐり、果実の森をぬけ、オレンジ川とレモネード川をさかのぼり、たどり着いたのは、おか

＊マジパン…アーモンドの粉と砂糖などをまぜた、ねん土状のおかし。

しの都のマジパンのお城でした。*

「お帰りなさい、王子さま。ようこそ、マリーさま」

人形たちは、みんな笑顔で王子さまとマリーをむかえてくれました。

今、マリーはマジパンのお城でくらしています。あれからもう一度、うちのベッドで目が覚めて、

「また夢を見ていたのね」

とわらわれたけれど、王子さまがすぐマリーをむかえに来たのです。マリーは王子さまと結婚して、おきさきになりました。これが夢なのか本当なのか、マリーにもわかりません。でも、いいのです。

「おじさん、今わたしは幸せよ」

おかしの都は、今日もバラ色の光につつまれています。

おはなしクイズ　くるみわり人形は、いくつの頭をもつネズミと戦った？

最後の一葉

ヘンリー

雨や風にも落ちない最後の一葉を見て……

心あたたまる

アメリカのお話

絵かきが多く住む町に、古いレンガづくりのアパートがありました。若い絵かきの女性、スーとジョンシーが三階、年老いた絵かきのベアマンが二階に住んでいました。

秋になるころ、ジョンシーは肺炎にかかってしまいました。ジョンシーは、からだも心も弱り、ベッドの中から窓の外をながめるばかり。

「スー、外を見て。かべにのびているツタの葉は、もう五まい。全部落ちてしまったら、わたしのいのちも、終わる気がするの」

スーは、ベアマンにそのことを話しました。

「ジョンシーが死ぬだなんて！」

ベアマンは、悲しみました。

つぎの朝、ツタの葉は一まいだけになっていました。でも、強い風がふいても、雨にうたれても、けっして落ちることはありません。

「がんばれってことかしら」

ジョンシーは、少しずつ元気になっていきました。お医者さんも、もうだいじょうぶと言いました。

スーは、ジョンシーに伝えなければならないことがありました。

「最後の一まいの葉っぱ、じつは、ベアマンさんがかいた絵なのよ」

ベアマンは、ジョンシーを元気づけるために、ひと晩中、雨にぬれながら、けっして落ちない葉をかいたのです。年老いたベアマンは、肺炎にかかり、亡くなってしまったのでした。

いつかきっと、すばらしい絵をかいてみせる。最後の一葉は、そう言っていたベアマンが残した、最高の作品だったのです。

おはなしクイズ
かべにのびたツタの、最後の一まいの葉っぱは、だれがかいた絵？

219ページのこたえ 七つ

小公女

バーネット

お父さんを待っていたセーラですが……

心あたたまる

イギリスのお話

ここは、冬のロンドン。七歳のセーラは、インドでお父さんとくらしていましたが、お父さんの仕事が忙しくなり、ロンドンの学校でくらすことになったのです。

「お父さんとくらせないのはさびしいけれど、おむかえに来てくださるのを待っているわ」

学校の校長であるミンチン先生は、セーラが転校してきて大喜び。セーラのお父さんは、大金持ちだからです。先生はみんなに言いました。

「今日からいっしょに勉強するセーラです。仲よくするんですよ」

やさしくてかわいいセーラは、クラスの人気者になりました。ラビニアという女の子は、それがはら立たしくてたまりません。使用人のベッキーが、教室のそうじ中にセーラの話を聞いているのを見つけると、耳をつねりあげました。

よんだ □□□

「早くそうじをしなさいよ！」

ベッキーは目になみだをためて、泣きだしそうになりました。

「ベッキーに意地悪しないで！」

セーラがラビニアをとめると、クラスのみんなもセーラに味方します。「なによ！」ラビニアはおこって出ていってしまいました。

ベッキーは家がまずしくて、使用人としてはたらいている子でした。それからセーラはベッキーを部屋にまねいては、おかしを食べ、すっかり仲よしになりました。

そして四年がすぎ、セーラの十一歳の誕生日のこと。パーティーをしていると、ミンチン先生が青ざめた顔で入ってきました。

「パーティーは中止です！」

ミンチン先生がセーラにわたした手紙には、セーラのお父さんが亡くなったと書かれていました。泣きだしたセーラに、ミンチン先生は冷たく言いました。

221ページのこたえ ベアマン

「お父さまが亡くなった以上、これからは使用人としてはたらいてもらいます」

セーラは持ちものをとりあげられて、ボロボロの服を着せられ、屋根うら部屋にうつされました。

それからは、そうじをしたり、小さい生徒にフランス語を教えたり。ミンチン先生は意地悪で、ごはんをぬくこともありました。

ある日のこと、セーラがお使いからもどると、一ぴきのサルが部屋にすわっていました。

「あら、かわいいおサルさん」

すると、サルをよぶ声が聞こえました。窓を開けると、インド人の青年がいます。サルは青年のものでした。セーラは、インドやお

父さんのことをなつかしく思い、青年に思い出を話しました。

つぎの日から、セーラが仕事から帰ってくると、テーブルにごちそうがならんでいるようになりました。ふしぎに思いながら、セーラはベッキーとふたりで、ごちそうを食べました。それは、青年からのプレゼントだったのです。

ある夜、セーラは青年のサルが、窓の外でふるえているのを見つけました。翌朝、セーラがサルをとどけに行くと、青年は自分の主人を、セーラに紹介しました。すると、主人はセーラに、「あなたのお名前を聞かせていただけませんか？」と言いました。

なんと、この主人はセーラのお父さんの友だちで、セーラのお父さんが残したお金をあずかって、セーラをさがしていたのでした。

こうして、また大金持ちになったセーラはベッキーをつれて、この主人にひきとられ、インドへ行くことになりました。くやしそうなミンチン先生に見送られ、セーラとベッキーは、笑顔で学校を去っていったのでした。

おはなしクイズ
屋根うら部屋にいたセーラのところに、まよいこんできた動物は？

あしながおじさん

ウェブスター

大学へ通う条件は手紙を書くこと!?

アメリカのお話

よんだ ■■■

ジェルーシャ・アボットは十八歳の女の子。親がいない子どもが入る施設で育ちました。みんなからジュディとよばれています。

ある日、ジュディは、院長先生によばれました。

「あなたの作文を読んで、大学へ行かせたいという方がいらっしゃいます。条件は、毎月、その方、スミスさんに手紙を書くことです」

「まあ、わたしが大学に！」

ジュディは、心から喜びました。

『親切なスミスさま

大学って、とてもすてき！　これから、いろんなことをお手紙に書きます。

ところでわたし、スミスさんのうしろすがたを、施設でお見かけしたことがあります。とても背が高かったから、あしながおじさん、とおよびしますね』

ジュディは、大学での生活を楽

しみました。大学の寮では、親切なサリーや、うぬぼれやのジュリアという友だちもできました。勉強にバスケットボール、そしておしゃれ……。ジュディは、夢のような毎日をすごしました。

『あしながおじさんへ
この前、ジュリアのおじさまのジャービス・ペンデルトンさんが、大学にいらしたの。わたしが、大学をご案内したんですよ。ジャービスさんは、やさしいすてきな方でした。
おじさんみたいに、背がひょろりと高いの。いつかおじさんにも、お会いできたらいいな』

夏休みになると、ジュディはロックウィロー農園ですごすことになりました。

『あしながおじさんへ
農園は、まるで天国みたい！すっかり大好きになりました。夏のあいだ、小説を書いてみようと思っています。

225ページのこたえ サル

ところで、ここは昔、ジャービスさんのものだったんですって！　おくさんはよく、「ジャービーぼっちゃま」のお話をします』
ジュディはよく勉強して、いい成績をとりました。作家になるために、小説も書きつづけました。
『あしながおじさんへ
悲しいお知らせがあります。出版社に送っていた小説が、もどってきてしまいました。作家になるのはむずかしい。でもあきらめずに、これからも書いていきます』
あっというまに年月がすぎて、ジュディは四年生になりました。
卒業式の日。あしながおじさんから花束がとどきましたが、式に出席してはくれませんでした。
『あしながおじさんへ
どうしても、会ってお話ししたいことがあります。わたし、ジャービスさんからの、結婚の申しこみをことわってしまいました。大好きだけど、施設で育ったわたしと、あんなにすばらしい家柄の方では、つりあわないわ。わたしは、どうしたらいいの？』
ジュディの手紙に、はじめて返

事がきました。あしながおじさんからの手紙には、「ジュディと会う」と書かれていたのです。

ジュディはドキドキしながら、あしながおじさんの待つ家にむかいました。

ドアをノックして中に入ると、

なんと、そこにはジャービスさんが!
「やあ、ジュディ。ぼくがあしながおじさんだってこと、どうして気がつかなかったんだい?」
ジュディは、おどろきました。
『あしながおじさんであり、大好きなジャービスへ
もうすぐ、いっしょにいられるようになりますね。わたし、とっても幸せです。
あなたのジュディより』
ジュディは、うまれてはじめてラブレターを書きました。

おはなしクイズ
ジュディがめざしていた職業はなに?
①弁護士 ②作家 ③学校の先生

たのきゅう

旅役者はうわばみと出くわして……

たのしい

落語のお話

よんだ ■■■

たのきゅうという旅役者が、山小屋でひとり、いねむりをしていました。ハッと目が覚めると、白いひげのおじいさんが立っています。

「あなたはだれですか？」

「わしは、うわばみじゃ」

「あの、なんでも飲みこんでしまうという大へビですか！」

「そうじゃ。おまえはだれじゃ？」

「たのきゅうと申します」

「なんだ、タヌキか。わしと同じ化け仲間じゃな」

うわばみは、たのきゅうをタヌキと聞きまちがえたようです。

「それにしてもおまえ、うまく人間に化けておるのう。ほかにもなにかに化けられるかい？」

こんなところで、うわばみに飲みこまれてはたまりません。たのきゅうは、しばいで使うかつらやお面を出して、あれこれへんそうしてみせました。

「はい、むすめさん。はい、鬼でございい!」

「ひゃはは、うまいうまい。でも、鬼はちょっといやじゃのう」

「おや、なにかきらいなものがあるんですか?」

「ああ、たばこのヤニなんかきらいだね。あれがつくと、からだがとけるんじゃ」

「わたしはお金がきらいですね」

たのきゅうはそう言うと、たばこをスパスパすいだしました。

「こら! わしはたばこがきらいだって言っただろう!」

おこったうわばみは、お金を投げつけてきました。からだはどろどろにとけはじめています。 
「このお金はもらっておきます」
たのきゅうはニコニコわらいながら、山小屋を出ていきました。

おはなしクイズ 白いひげのおじいさんの正体のうわばみとは、なんのこと? ①大ヘビ ②大クマ ③大犬

229ページのこたえ ②作家

この章に出てくる日本のお話は、どんな人たちが書いたの？

4章では、日本と世界の名作を紹介しました。その中にある、日本でつくられたお話は、どのような人たちが書いたのでしょう。

枕草子(→P.212) 清少納言

平安時代、天皇の中宮（妻のよび名）につかえた清少納言は、和歌や詩、漢文などの文章が得意でした。宮廷でのくらしをもとに書いたのが、『枕草子』です。

東海道中膝栗毛(→P.214) 十返舎一九

江戸時代の武士だった一九は、作家になるために武士をやめ、江戸で本を出しました。江戸っ子ふたりのゆかいな旅の話『東海道中膝栗毛』は、大人気となりました。

手ぶくろを買いに(→P.186)、ごんぎつね(→P.206) 新美南吉

大正時代にうまれた南吉は、中学生のころから、童話や童謡を書いていました。自分のふるさとを舞台にした作品を、いくつも残しています。

5章

探究心がのびる科学のお話

アサガオが朝にさくのはなぜ？

アサガオのひみつは前日の太陽の光

植物のお話

よんだ■■■

夏休みにアサガオの観察をしたことがある人は多いと思います。朝起きて、アサガオを見にいくと、前の日につぼみだった花がもう開いていて、なんて早起きなんだろうと思った人もいるかもしれませんね。

　朝にさくからアサガオという名前がついたという説もあるくらいですが、朝日があたるから花がさくというわけではありません。花がさくのと、明るさとは関係がないのです。

アサガオは、前の日の昼間に太陽の光をたっぷりあびると、日がしずんでから、九〜十時間後にさくという性質があるのです。

だから、夏、夜の七時ごろに太陽がしずむと、つぎの朝、四〜五時ごろにはさくことになります。秋になって、太陽のしずむのが早くなると、それに合わせて、花がさくのも早くなります。太陽がしずむのが六時なら、さくのは三〜四時です。まだ暗いうちにさくのですね。

朝早くさいたアサガオは、午前中にしぼんでしまいます。同じ夏の花でも、ヒマワリは一日中さいています。いったい、どこがちがうのでしょうか。

アサガオはヒマワリとくらべると、花びらがとてもうすいので、水分がたりなくなると、すぐにひからびてしまいます。夏の強い日ざしをあびたアサガオは、根からすいあげる水よりも、花びらから蒸発していく水のほうが多くなるのです。そうなると、水分がなくなって、しぼんでしまうというわけです。

おはなしクイズ
太陽がしずむのが早くなっても、アサガオがさく時間はかわらない。○か×か?

231ページのこたえ ①大ヘビ

なみだが出るのはなぜ？

なみだをためるふくろからあふれ出ます

からだのお話

なみだは、まぶたのうらでつくられ、目玉の表面を流れ、目頭のおくにあるなみだをためるためのふくろに集まります。

なみだは、目を守ったり、かわかないように、うるおしたりする役目があるので、目の表面をいつでも流れています。

しかし、悲しいときなど、なにか特別なことがあったときは、なみだの量がふえ、ふくろにたまりきれなくなってあふれ出すのです。

あふれ出したなみだは、目からポロポロ流れ落ちるほかに、目と鼻をつなぐ管を通って鼻の中へ流れ、鼻水になって出ていきます。

なみだがあふれ出る理由は、いろいろあります。

悲しいとき、痛いときに出るなみだは、脳がなみだを出せと命令して、つくられるなみだです。

なぜ、脳が命令を出すのかは、

よんだ■■■

まだわかっていません。ただ、思いっきり泣いたあとは、気持ちがすっきりすることも多いので、なみだを流して泣くことを、無理におさえなくてもよいのです。

目にゴミが入ったときに流れるなみだは、ゴミを洗い流すために出てきます。目がゴミできずつかないよう、ばいきんが目につかないようにしているのです。

たまねぎを切ったときや、けむりが目にしみたときに出るなみだは、たまねぎやけむりの中に入っている物質が、目玉の表面のなみだにくっついて、ツーンというしげきを起こします。そのしげきが伝わると、たくさんのなみだがつくられ、出てくるのです。

あくびをしたときは、顔の動きによって、なみだをためているふくろがおされて、なみだが出ます。

このように、なみだの出方はそれぞれちがうのです。

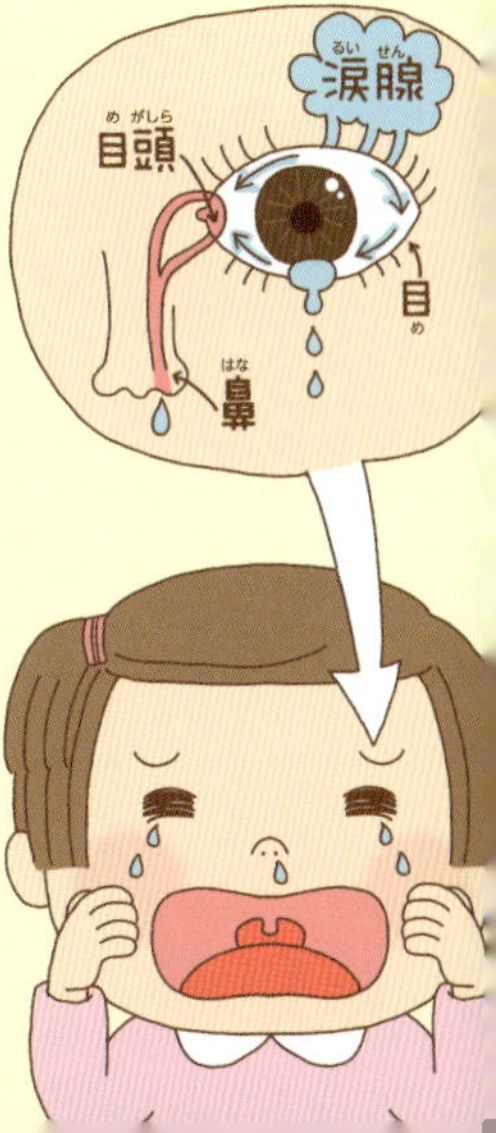

おはなしクイズ
つぎのどの野菜を切ったときに、なみだが出る？ ①かぼちゃ ②だいこん ③たまねぎ

235ページのこたえ ×

晴れた日の空はなぜ青いの？

青色の光が、空気中でちらばります

自然のお話

運動会や遠足の前の日に、青い空が広がっていたら、「やったね！」と、喜びの声をあげたくなりますね。

青い空は、思わず深呼吸したくなるほど、気持ちのいいものです。

でも、どうして、晴れた日の空は青いのでしょうか。それは、太陽の光が関係しているのです。

太陽の光は、透明に見えますが、赤、だいだい、黄、緑、青、あい、

よんだ■■■

むらさきの七色の光がまざっています。虹の色と同じです。

太陽の光が地球の空気を通りぬけて地上にとどくとき、それぞれの色は、ちらばりやすさや進む距離がちがいます。青い色はちらばりやすいので、上空にうかんでいるちりやほこり、水蒸気などの小さなつぶなどにぶつかり、ちらばった青い光が空いっぱいに広がって、空が真っ青に見えるのです。

夕方になると、太陽がかたむき、ななめに光がさすので、太陽の光が地上にとどくまでの距離が遠くなります。そのため、青い光より進む距離が長い赤い光がとどくので、空が赤くそまって、夕焼け空になるのです。

太陽がのぼるときにも、空が赤くそまります。これを朝焼けといいますが、早起きしないとなかなか見られませんね。

太陽の光が七色でできている様子は、光が水のつぶを通りぬけるとき、たとえば、ホースで水をまいたときや、噴水のそばなどで見ることができます。ぜひ、観察してみてください。

おはなしクイズ
太陽がしずむときは夕焼けというが、太陽がのぼるときはなんという?

237ページのこたえ ③たまねぎ

うんちが出るのはどうして？

食べもののカスがうんちになります

　朝ごはん、昼ごはん、夕ごはんと、わたしたちは、一日にだいたい三回、いろいろなものを食べていますね。その食べたものは、わたしたちのからだの中を通り、うんちとなって外に出ていきます。

　それでは、どのようにして、うんちが出るのかを調べてみましょう。

　口から入った食べものは、まず歯でかまれて小さくなり、つばとまぜられます。そのあと、のどを通って胃に送られていきます。胃の中では、食べものが入ってくると、「胃液」がどろどろのおかゆのようにします。

　つぎに、食べものは「十二指腸」を通ります。そのときに、「胆のう」から出る液と、「すい臓」から出る液をあびます。うんちの色が茶色なのは、胆のうから出る液のはたらきです。

　それから食べものが入るのは、

よんだ ■■■

「小腸」です。ぐるぐるうずをまいた、めいろみたいな小腸で、ここにすみついている「腸内細菌」という、とても小さな生きものなどにより、もっと小さくされて、からだの中に栄養としてとりこまれていきます。

　さあ、つぎにむかうのは、「大腸」です。ここでは、食べものの水分が吸収されて、うんちがつくられていきます。

　腸のねん膜からはがれた、古い細胞などといっしょに、食べものの残ったカスが、おしりから、うんちとして、からだの外へ出ていきます。

　毎日、いいうんちが出るのは、健康なしょうこです。元気なうんちが出るように、からだを大切にしましょう。

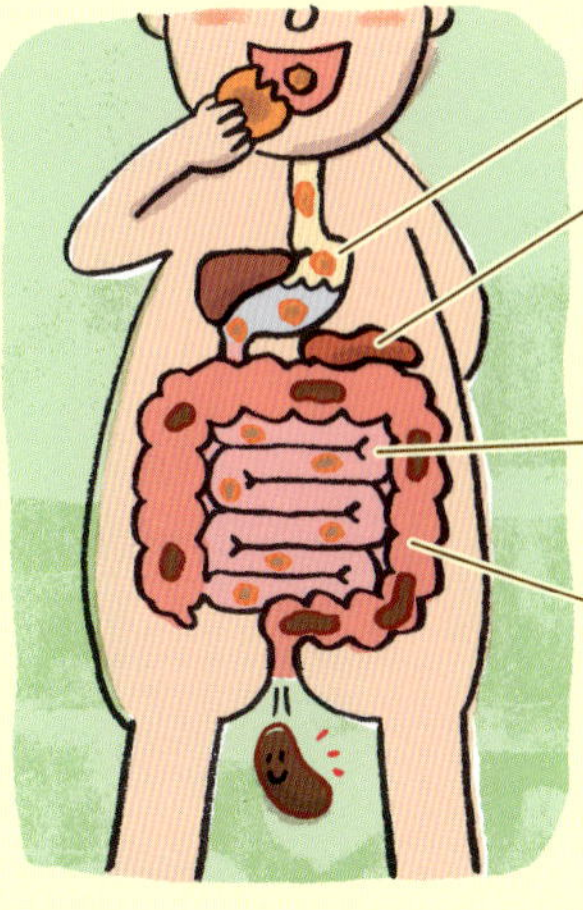

胃
すい臓
小腸
大腸

おはなしクイズ 胃の中で、食べものをどろどろにするために、はたらいている液はなに？　①胃液　②つば　③水

239ページのこたえ　朝焼け

イルカは魚じゃないの？

水の中からジャンプをしたり、曲芸をしたり、イルカは水族館でも大人気ですね。

イルカとは、どんな動物なのでしょう。

水の中でくらしていますが、イルカは魚の仲間ではなく、クジラと同じように、ほ乳類です。

魚は水中でエラを使って呼吸していますが、イルカは水

イルカは魚の仲間ではなく、ほ乳類です

動物のお話

面へあがってきて、頭についている鼻で呼吸しています。ピューッと、水といっしょに息をはき出しているところを、見たことがあるかもしれませんね。クジラが高く潮をふくのも、同じように息をはき出しているのです。

イルカは、三～四分おきに水面にあがってきて呼吸しないと、おぼれてしまいます。

ほ乳類ですから、魚のようにたまごをうむのではなく、赤ちゃんをおなかの中で育ててうみます。赤ちゃんは、しばらくは母親の母乳で育てられます。

魚とのちがいを、からだのしくみから見てみましょう。

まず、イルカやクジラには魚のようなウロコがありませんね。それに、尾ビレの向きがちがいます。魚はたてに尾ビレがついていますが、イルカやクジラは横向きについています。尾ビレを上下に動かして、波をつくって進んでいくのです。

イルカとクジラは、ほとんど同じ種類のほ乳類で、大きさで区別されています。だいたい体長が四

241ページのこたえ ①胃液

メートル以下のものをイルカと分類しているようです。

イルカは脳が発達していて、人間とコミュニケーションがとれます。犬によくにていて、人間の命令を聞きわけ、飼いならすことができるのです。

また、超音波（高い音の波）を発して、それがはね返ってくる時間や方向から、物体の位置や特徴をとらえる、すぐれた能力をもっています。人間が使うソナー（音波探知機）と同じです。

イルカと人間のつきあいは、とても古くて、ギリシャ神話にも登場します。天の川の近くには、「いるか座」という星座もあります。古代から、イルカは人に親しまれてきたのですね。

おはなしクイズ

イルカやクジラは、尾ビレを上下に動かす？ 左右に動かす？

おへそはなんのためにあるの？

お母さんとつながっていたしるし

からだのお話

よんだ■■■

なんの役に立っているのかが、よくわからないおへそ。じつは、おへそは、お母さんとつながっていた「しるし」なのです。

お母さんのおなかの中には、赤ちゃんが育つ特別な部屋があります。赤ちゃんは、約十か月のあいだ、その部屋でくらしてからうまれてきます。

お母さんのおなかの中にいるあいだ、赤ちゃんとお母さんは、「へそのお」という管でつながっています。おなかの中にいる赤ちゃんは、自分で空気をすったり、ごはんを食べたりすることはできません。そこで、「へそのお」の中を通って、お母さんから赤ちゃんへと、空気や栄養、病気と戦う力が運ばれていきます。

お母さんがすった空気も、食べたごはんも、元気も、赤ちゃんのために使われるのです。

そして、赤ちゃんからは、いらなくなったものが、お母さんのほうへと運ばれていきます。こうして、赤ちゃんは、お母さんのおなかの中で大きく育っていきます。つまり、「へそのお」は赤ちゃんにとって、とても大切な、〝いのちづな〟なのです。

しかし、約十か月がたち、お母さんのおなかの中から外へと出てくると、赤ちゃんは自分の口で空気をすったり、ミルクを飲んだりできるようになります。もう、お母さんから空気や栄養をもらわなくてもだいじょうぶです。「へそのお」はいらなくなるので、うまれてすぐに切られます。その「へそのお」の残りが、おへそというわけです。

おはなしクイズ
赤ちゃんはお母さんから「へそのお」を通じ、栄養やなにをもらっていた？ ①花 ②空気 ③ミルク

245ページのこたえ 上下

雲の形がかわるのはなぜ？

水や氷のつぶが集まったものが雲です

自然のお話

ぽっかりと、空にうかんでいる雲。フワフワとやわらかそうで、わたがしみたいな雲は、いったいなにでできているのでしょうか。

じつは、雲の正体は、小さな水や氷のつぶがたくさん集まったものなのです。

海水や地面にある水分が蒸発すると、「水蒸気」というつぶになります。そのつぶが、高い空をのぼっていくと、今度は冷たい空気

よんだ■■■

に冷やされ、また水にもどったり、氷にすがたをかえたりします。この水や氷のつぶが、太陽の光にてらされると、白く見えます。これが雲なのです。

雲はこうした小さなつぶの集まりなので、気温の変化や風の向きによって、大きな影響を受けます。

そして、水や氷、水蒸気といったつぶの変化が、雲の形の変化になります。空をながめていると、どんどん雲の形がかわっていくのは、つぶが変化していたからなのです。

247ページのこたえ ②空気

雲がたくさん集まっているときは、天気がかわりやすいといわれています。

空の高い場所にできる、魚のうろこのような形をした「うろこ雲」や、それより少しかたまりが大きくて、羊がむれているような形をした「ひつじ雲」があるときは、要注意です。

また、「入道雲」という、夏によく見られる厚くて大きなかたまりの雲があると、強い雨がふったり、かみなりが鳴ったりしやすくなります。

雲は、水や氷のつぶが集まったものなので、厚くて数が多いほど、雨がふりやすくなるのも、なっとくですね。

逆に、雨がふりにくいのは、「すじ雲」とよばれるような、空の高いところにうすくできた雲です。うすい雲は、水や氷のつぶが少ないので、雨になりにくいのです。

こうした雲の形は、大きく分けて十種類もあります。

のんびり空をながめながら、いろいろな形を観察してみるのも、楽しそうですね。

おはなしクイズ

魚のうろこのような形の雲をなんという？

あせをかくのはどうして？

からだの温度を一定にたもつためです

からだのお話

暑いときや運動をしたとき、あせをたくさんかきます。

これは、からだの温度を一定にたもつためです。からだの温度がはげしく変化すると、からだの中のさまざまなはたらきがくるってしまうからです。

人間の体温は、平均して三六〜三七度くらいです。それ以上の熱が出たとき、皮膚の下にある「汗腺」という場所から、あせを出し、あせが蒸発するときに熱をうばいます。これを「気化熱」といい、これによって、熱をさげようとするのです。

プールから出たばかりのとき、からだについた水滴に風があたるとヒンヤリするのは、水が蒸発するときに、からだの表面から熱をうばっていくからです。

あせを出してくれる汗腺は、人間では、平均して三百五十万個も

よんだ■■■

あります。暑い地方に住む人ほど汗腺の数が多いといわれています。

あせは九九パーセントが水です。これは血液の中にある血しょうという成分がもとになっていて、塩分やミネラルといった、からだに必要な成分もふくんでいます。

たくさんあせをかいたときは、水分やミネラルをおぎなう必要があります。スポーツドリンクには、あせで出た大切な成分がふくまれているのです。

あせには、そのほか、きんちょうしたときなどに出る「冷やあせ」のように、心の動きが原因で出てくるものもあります。

おはなしクイズ あせをかくとからだが冷えるのは、あせにどんなはたらきがあるから？

251ページのこたえ うろこ雲

ペンギンは鳥なのになぜとべないの？

海の中で便利なからだに変化しました

動物のお話

よんだ■■■

ペンギンは昔、ほかの鳥と同じように、空をとんでいたと考えられています。カモメのように空をとび、海面におりて、食べものをとっていたのでしょう。

ところが、そのころペンギンがくらしていた場所は、おそってくる敵は少なく、海にもぐれば食べものが一年中たっぷりありました。空をとんでにげたり、遠くへ食べものをさがしに行ったりする必要がないので、だんだんつばさを使わなくなりました。

すると、およぎやすいように、からだが変化しはじめました。およぎのじゃまにならないように、つばさが小さくなり、板のようにかたく、魚のひれのような形にかわっていったのです。こうすれば、ボートをこぐオールのように水をいっぱいかき、矢のようなスピードでおよぐことができます。

ペンギンは、もう空をとぶことはできませんが、水の中を、空をとぶようにおよげます。じょうずに魚をつかまえたり、サメなどの敵からすばやくにげたりすることができます。とぶかわりに、すばらしい力を手に入れたのです。
最近、小さな記録計が開発され、海の中でのペンギンの様子がくわしくわかってきました。ペンギンは、ふだん、時速七キロメートルくらいでおよぎますが、敵におわれると、なんと時速六〇キロメートルでおよぐ種類がいるそうです。六〇〇メートルの深海にもぐったり、二十七分間もぐって魚をとりつづけたりという記録もあります。地上で、よちよち歩くかわいらしいすがたからは、とても想像できませんね。

おはなしクイズ
人間がおよぐ速さは時速六キロメートルくらい。ペンギンといっしょにおよいだら、どちらが速い？

253ページのこたえ 熱をさげる

タンポポの種はどうしてとぶの？

種を遠くにとばし、仲間をふやします

植物のお話

あたたかい南風が春を運んでくると、タンポポの花がさきはじめます。

タンポポの花は、ひとつの花のように見えますが、じつは、たくさんの花の集まりです。

タンポポの花は、五月ごろから、だんだんに、パラシュートのような形をしたわたげになっていきます。

わたげをよく見てみましょう。

ふわふわのわたげの下のほうがふくらんでいますが、それが種です。

タンポポは、一本のくきに二百個くらいの種がついています。ひとかぶから十本も二十本もくきを出すので、全部の種を合わせると、たいへんな数になります。

タンポポは、花がさきおわると、ぐんと背（くき）をのばして、風がふいてくるのを待っています。

「お先にー。さようなら」

「遠くまで、行くぞー」

とでも言っているように、タンポポの種たちは、風に乗って遠くへとんでいきます。できるだけ遠くへとんでいって、地面に落ち、そこで、小さな芽を出すのです。

秋になり、冷たい風がふいてきても、葉をのばし、根っこを土の中に深くのばしていきます。やがて、冬になり、タンポポは雪の下でもかれずに、春が来るのをじっと待っています。

このようにして、種をできるだけ遠くにとばして、あちらこちらに仲間をふやすために、植物は工夫をしているのです。

タンポポのように、わたげになって風にとばされるもの、動物などにくっついて運んでもらうもの、水に流されて運ばれるもの、また自分でパチンと種をはじきとばすものもあります。

おはなしクイズ　タンポポの一本のくきには、どのくらいの数の種がついている？

255ページのこたえ　ペンギン

ねむくなるのはどうして？

脳がつかれているという合図です

夜になると人間は、どうしてもねむくなります。なぜでしょう。

それは、昼間に活動したからだがつかれているように、脳もつかれているからです。からだも脳もゆっくり休んで、あしたのためにそなえようとしているのです。

また人間の脳は、ねむっているあいだに、昼間の記憶を整理していると考えられています。

ねむりには、深いねむりと浅いねむりがあります。

深いねむりとは、からだも脳も休んでいて、ぐっすりねむっていることです。

浅いねむりのときは、からだはねむっていますが、脳ははたらいています。昼間に入ってきた新しい情報を整理して記憶するのは、この浅いねむりのときです。

深いねむりのときには、脳から「成長ホルモン」という、成長をうながす物質が出ます。からだの細胞を新しくしたり、つかれをとったりしてくれるのです。

ねむっているあいだの脳は、このように、休んだりはたらいたりをくり返しています。

しかし、夜でなくても、つかれていなくても、ねむたくなることがあります。たとえば、ずっと同じことをしていたり、おもしろくない話を聞いていたりするときです。これは、脳にあまりしげきがないために、脳のはたらきがにぶくなるからです。

ただ、なにがきっかけで、ねむりに入るのか、どのくらいねむらなくてはいけないのか、わかっていないことも多いそうです。

夜はぐっすりねむって、一日を元気に楽しくすごすことが大切ですね。

257ページのこたえ 二百個

チョウとガはどこがちがうの？

チョウとガの区別はむずかしいもの

よんだ■■■

「チョウ」は、見た目や形が美しく、「ガ」は地味だと思っている人も少なくありません。でもじつは、美しい「ガ」や、地味な「チョウ」もいて、区別はとてもむずかしいものです。

昔の日本では、チョウとガの区別はなく、河原でひらひらとぶすがたから、チョウもガも「かわひらこ」とよばれていました。

外国から、博物学という自然を知る学問が入ってきたときに、英語では「チョウ」と「ガ」を分けてありました。そこで、日本でも、分けて考えるようになりました。

しかし、フランス語やドイツ語

では、今でも、「チョウ」と「ガ」を区別していません。

それでは、チョウとガの特徴をさぐってみましょう。

・ほとんどの「チョウ」は昼間に、「ガ」は夜に活動する。

・しょっかくは、「チョウ」はまっすぐにのび、先が丸や、とがったものが多い。「ガ」は毛がついているもの、くしのようにギザギザなものが多い。

・とまるとき、「チョウ」ははねを閉じ、「ガ」ははねを水平に広げたり、はねを少しおろしたりして、屋根型に閉じるものが多い。

・「チョウ」の胴体は細く、「ガ」は太いものが多い。

・さなぎのとき、「チョウ」はまゆをつくらず、「ガ」はまゆをつくってさなぎになるものが多い。

「チョウ」と「ガ」を観察して、図鑑でたしかめるのも楽しいですね。

おはなしクイズ

昔の日本では、「チョウ」と「ガ」の区別があった。○か×か？

259ページのこたえ 浅いねむりのとき

月の形はなぜかわるの？

太陽の光のあたり方で、変化します

月はまん丸になったり、バナナみたいな形になったりと、日によっていろいろな形にかわりますね。でも、月が変身しているわけではありません。月の形はかわっていないのです。

月は、地球と同じように、ボールみたいな形をしています。

とっても明るく光っているように見えますが、月は自分で光っているわけではありません。太陽の光を鏡みたいにはね返して光っているのです。

月は地球のまわりをまわっています。月と太陽と地球の位置関係は、毎日少しずつかわるので、光をはね返す部分もちがって見え、月の形がかわったように見えるのです。

言葉ではわかりにくいですね。ちょっと実験をしてみましょう。

晴れた日に、ボール（白っぽい

太陽からの光のあたり方と、地球から見える月の形をあらわした図

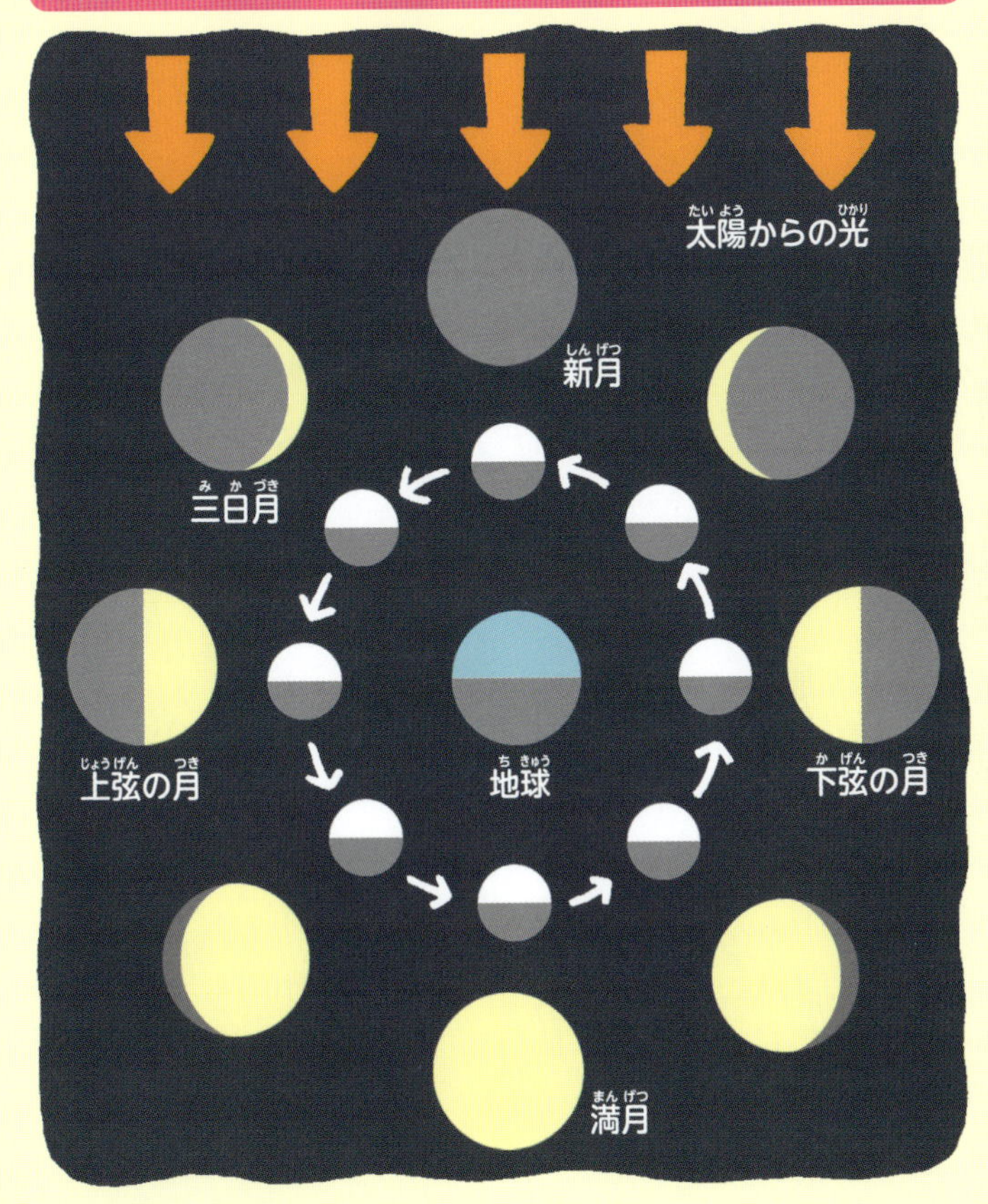

261ページのこたえ ×

ボールがわかりやすいですよ）を両手で持って、うでをのばします。ボールを太陽に向けると（※）、ボールには光があたらず、全体が暗く見えます。

ボールを持ったまま、その場でゆっくり一回転してみましょう。

太陽に向かって、ななめ前を向いたときは、ボールは三日月の形に光があたって見えます。横を向いたときは半月の形、太陽に背中を向けてうしろを向いたときは、全部に光があたって満月のように見えます。

ボールが月で、ボールを持つあなたが、地球から月を見ている自分だと考えてください。

月はボールと同じように自分では光らず、太陽にあたった部分だけが光って見えます。また、ボールがひとまわりしたように、月は地球のまわりを約一か月かけてひとまわりします。見える月の形が少しずつかわり、約一か月後、もとの形にもどるのです。

地球から見て月と太陽が同じ方向にあり、月がはね返した光が見えないときの月（実験でボールを太陽に向け、暗く見えたとき）を、「新月」といいます。

昔の人は新月が満月になって、また新月にもどるまでの日にちを、一か月の長さに決めていました。一か月のことを「ひと月」というのは、月がひとまわりするという意味があります。

※目を傷めますので、太陽自体は、直接見ないようにしましょう。

おはなしクイズ
月は地球のまわりを、どのくらいの日数でひとまわりする？

おもちを焼くとふくらむのはなぜ?

おもちの中の水分が水蒸気になると……

おもちは、「もち米」というお米を蒸して、つぶがなくなるまで、きねや機械でついたものです。よく食べているごはんは、「うるち米」というお米で、焼いても、おもちのようにはふくらみません。

もち米も、うるち米も、田んぼで育ちます。秋に刈り入れて、白いお米のつぶにしていく流れも同じです。

できたお米を見ると、もち米は白い色をしていて、うるち米は少しすきとおっていますが、大きなちがいはないようです。それなのに、なぜ、ふくらむものとふくらまないものとがあるのでしょう。

ちがいはお米の中にある、「でんぷん」という成分にあります。でんぷんには、アミロースとアミロペクチンという二種類がありますが、もち米のでんぷんは、ほとんどがアミロペクチンです。

このアミロペクチンが、切れにくくのびやすい性質をもっているのです。

また、おもちはたくさんの水分をふくんでいて、焼くと、温められた水分がどんどん蒸発して「水蒸気」という気体になり、体積が一気にふえます。

ふえた水蒸気は外へにげようとしますが、おもちがのびるため、外に出ることができなくて中にたまり、おもちをふくらますのです。

そうしてふくらんだあと、おもちを火からおろすと、水蒸気が冷やされて水にもどるため、おもちもしぼみます。

パンやドーナツ、パイなども、水蒸気の力によって大きくふくらんでできたものです。

おはなしクイズ
おもちは、なんというお米からつくる？

265ページのこたえ 約一か月

かげができるのはどうして？

光をさえぎるものがあると、かげができます

自然のお話

晴れた日に外へ出ると、かならずかげができますね。そして、どこまでもついてきます。なぜでしょう？

太陽は、空から地上へ向けて、まっすぐに光を放っています。しかし、人や建物、木や車など、光をさえぎるものがあると、光はそこでとまります。すると、地面やかべなどに、光のとどかないところができて、そこだけ暗くなります。これが、かげです。

かげは、どうしても消すことはできません。かげを消すには、たとえば、建物のかげなどに入るしかないのです。

また、かげは太陽の位置や高さによって、できる方角や長さがかわります。ためしに早朝、外へ出てみましょう。すると、西の方角にむかって長いかげができるはずです。これは東からのぼった太陽

が、まだ低い位置にあるため、光がななめからあたるせいです。

　昼になるにつれ、太陽は高い位置に移動します。光が真上からあたるので、かげは短くなり、太陽が西の空にかたむく夕方になると、今度は東の方角へむかって、また長いかげができます。

　かげは太陽の光だけでなく、月のあかりや部屋の照明でもできます。光だったらどんなものでも、さえぎるものにぶつかったときに、かげができるのです。

おはなしクイズ
朝、太陽が出ると、かげはどの方角にできる？

267ページのこたえ　もち米

血が出てもかたまるのはなぜ？

血小板と赤血球の力でかたまります

からだのお話

よんだ■■■

わたしたちの血液には、「赤血球」「白血球」、そして「血小板」という小さな細胞があります。大きさは、赤血球が直径八マイクロメートル、白血球が直径七〜二〇マイクロメートル、そして血小板が、直径二〜三マイクロメートルほどです（一マイクロメートルは、千分の一ミリメートル）。

けがの出血をとめ、きずをなおしやすくするのは、この小さな血小板のはたらきです。

血小板は、一滴の血液の中に約二十五万個あり、血液をかたまらせる性質をもつ物質がふくまれているのです。

血管がやぶれ、出血すると、血小板がきず口に集まり、赤血球とまざりあい、細いロープのようにからみつきます。これがかたまって、きず口をふさぎはじめます。すっかりかたまり、かさぶたができると、出血がとまるのです。つまり、血小板は赤血球と力を合わせて血液をかため、かさぶたをつくるのが仕事なのです。

赤血球は、酸素を肺からからだのすみずみまで運ぶ仕事をします。赤い色の「ヘモグロビン」をふくんでいるので、赤く見えます。

白血球には、細菌やウイルスといった病気の原因になるものと戦って、からだを守る役目があります。

こんなふうに、血液はからだのすみずみに酸素や栄養を運ぶだけでなく、からだを守るはたらきもしてくれているのです。

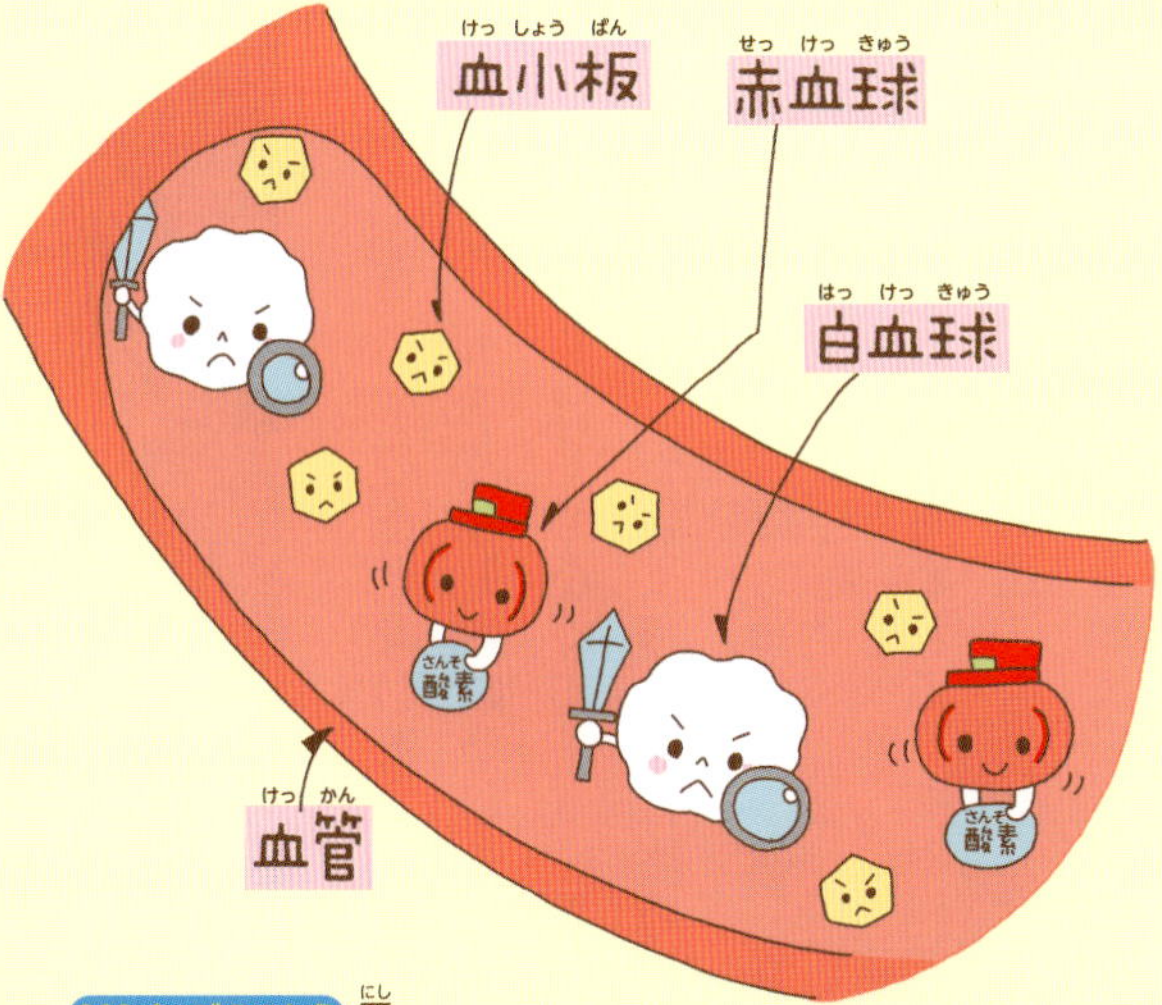

おはなしクイズ
血小板と力を合わせて、きず口をふさごうとするのはなに？
①赤血球　②白血球　③ヘモグロビン

269ページのこたえ　西

ファーブル

虫が大好きだった、フランスの昆虫学者

伝記

よんだ ■■■

ジャン・アンリ・ファーブルは、フランスの昆虫学者です。昆虫のことをくわしく書いた『昆虫記』という本を残しました。

ファーブルは、小さいころから虫や自然が大好きでした。お父さんやお母さんと別れてくらしていたファーブルにとって、虫たちは大切な友だちだったのです。

毎日、時間がたつのもわすれて、虫を見つめていました。

やがて、学校を卒業したファーブルは、小学校の先生になりました。くらしは楽でなくても、好きな虫をおいつづけようと心に決めて、こつこつと自分のペースで、虫の研究をしました。

みんなからきらわれるハチや、ちょっとおかしなフンコロガシも、ファーブルにとっては、自然の中で生きている、とても大切な仲間たちでした。

ファーブルは、ただ虫を観察するだけではなく、さまざまな実験をして、自分の目でたしかめることをくり返しました。

学校の先生をやめてからも、ずっと虫について調べつづけ、ついに三十年という長い時間をかけて、『昆虫記』を書きました。自分の大好きなものを、ずっと研究し、それを『昆虫記』という本にして、残したのです。

おどろきやふしぎでいっぱいのこの本は、世界中のたくさんの人たちに読まれています。ファーブルは、まさに、世界一の昆虫博士といえるでしょう。

おはなしクイズ

ファーブルは、学校を卒業すると、何の職業についた？

271ページのこたえ ①赤血球

カレーはどうしてからいの？

からだにいいスパイスが入っていいます

食べもののお話

よんだ■■■

日本人ひとりあたり、一か月に四皿は食べているといわれるほど、子どもにも大人にも人気のカレー。おいしいけれど、からいのは苦手な人もいるかもしれませんね。

カレーがからいのは、カレーをつくるときに入れるカレー粉やカレールウに、いろいろな「スパイス」が

入っているためです。
スパイスとは、植物の種や葉、根などを、料理に使うために、ほしてかわかしたもの。カレーには、何種類ものスパイスが使われています。その中には、とうがらしやこしょう、しょうがなど、からさを出すスパイスもふくまれているため、食べたとき、からいと感じるのです。

273ページのこたえ 小学校の先生

それならば、からいスパイスなんて入れなければいいのに、と思った人もいることでしょう。しかし、このからいスパイスには、いいこともちゃんとあるのです。

カレーは、インドという南にある暑い国の料理のひとつです。

インドでは、昔から、いろいろなスパイスが薬として使われてきました。カレーに入っているからいスパイスも、薬のひとつ。

たとえば、こしょうは、おなかを元気にし、からだの中のばいきんをおい出すはたらきがあります。しょうがは、からだを温めるはたらきがあり、かぜの予防にいいといわれています。

また、暑くてなにも食べたくない日でも、スパイスを入れれば、食欲がしげきされ、ごはんをいっぱい食べられるようになって元気になれます。

カレーは、日本では明治時代のはじめに、ヨーロッパ料理の本で紹介されました。インドとはちがい、ヨーロッパのカレーは、いためた小麦粉に、カレー粉を加えてつくるカレーでした。

便利なカレールウが発明されたのは、昭和時代のこと。カレールウの中には、二十〜三十種類ものスパイスが入っています。

からだにいいスパイスがたっぷり入っているカレーは、まるで〝食べる薬〟のようですね。インドの家庭では、料理をつくる人は家族の体調にあわせ、スパイスの組み合わせや分量を考えてカレーをつくるそうですよ。

おはなしクイズ　カレーがからいのは、カレー粉やカレールウになにが入っているから?

おならはどうしてくさいの？

口から飲みこんだ空気がおならに!?

からだのお話

おならは、大人も子どもも赤ちゃんも、そして動物だってしてます。

生きものは、食べものを食べたときに、空気もいっしょに飲みこんでいます。この空気が、おならのもとになるのです。

食べたものは、「胃」の中でどろどろにとかされ、その下の「腸」へ送られます。飲みこんだ空気も腸へいきますが、口からはき出されるものもあります。これがげっぷです。

腸には細菌がいて、とけた食べものを、さらに細かく分解します。このとき、くさいにおいを出すガスがうまれます。ガスはうんちとまざってからだの外へ出ますが、さっきの空気とまざって出るのがおならです。

くさいガスは、「たんぱく質」という成分を分解するときによく出ます。ですから、たんぱく質が

よんだ ■■■

たくさんふくまれている肉やたまごなどを食べると、くさいおならが出ます。反対に、くだものや野菜など、たんぱく質の少ないものを食べると、あまりにおいません。よく、さつまいもを食べると、

おならが出やすくなるといいますね。さつまいもには、「食物繊維」という成分が多く入っています。食物繊維は消化されにくいので、これをとかすために、腸が、よりはげしく活動します。すると、細菌もたくさんガスを出すので、おならの量もふえるのです。でも、たんぱく質は少ないので、においはそれほどしません。

おならをがまんすると、ガスが腸の中にいつまでも残るため、からだにはよいことではありません。おならはしたほうがいいのです。

おはなしクイズ
食べものを食べたときに口から入る、おならのもとになるものはなに?

277ページのこたえ スパイス

ビタミンの発見

栄養素の研究にとりくんだ鈴木梅太郎

鈴木梅太郎は、静岡県の農村にうまれ、十四歳で東京へ行きました。「うちの家業でもある農業を研究して、発展させよう」と、東京農林学校（今の東京大学農学部）に入ります。そしていちばんの成績で卒業すると、大学院に進んで、クワの葉の病気の原因を調べました。

五年にわたった研究により、梅太郎は農学博士になりました。その後、スイスやドイツで、「たんぱく質」や「アミノ酸」という栄養素の研究にとりくみました。

欧米人と日本人の体格の差を感じたことから、帰国後は、「お米にふくまれるたんぱく質を調べて、日本人の体格をよくする方法をさぐろう」と、考えます。

動物実験でわかったのは、ぬかや麦、玄米を食べた場合は病気に

よんだ ■■■

なりにくく、白米だけだと病気になりやすいということでした。

それからさらに研究を重ね、ついに、からだに必要な新しい栄養素をとり出すことに成功します。

梅太郎は新しい栄養素に、「オリザニン」と名づけて発表しました。

翌年、ヨーロッパの研究者が、「オリザニン」と同じ栄養素を、「ビタミン」と名づけて発表します。その「ビタミン」が先に世界に広まりましたが、梅太郎の研究も、のちに見直されました。

梅太郎は、「かっけ」という病気のちりょうに「オリザニン」を役立てようとしますが、効果を証明できず、受け入れられませんでした。その後、ほかの研究者によって効果が証明され、梅太郎の研究は高くひょうかされました。

おはなしクイズ

鈴木梅太郎が名づけた新しい栄養素は、なんという？ ①オリザニン ②ビタミン ③ミネラル

279ページのこたえ 空気

海の水はどうしてしょっぱいの？

海の水には塩がとけているのです

海水浴をしていて海の水を飲んじゃった、ということはありませんか？　海の水の味はどうでしたか？　しょっぱかったでしょう。

なぜ、海の水はしょっぱいのか？　こたえはかんたんです。海の水には塩がとけているからです。

でも、なぜ海に塩がとけているのかを説明しようとすると、けっしてかんたんではありません。なにしろ、地球ができたころの話からしなくてはいけないのですから。

地球は、今から四十六億年も前にできました。できたての地球は、どろどろにとけた火の玉で、とても熱かったので、水分はみんな蒸発して空中にありました。この中には、塩のもとになる、「塩化水素」というものがふくまれていました。

地球が冷えてくると、雨がふるようになります。雨は、空気中の塩化水素をとかしながらふってきました。ふった雨は、地球のくぼんだところにたまり、何百万年ものあいだふり続いているうちに、大きな水たまりができました。これが海のはじまりです。

こうしてできた海は、海の水に塩化水素がとけた「塩酸」がふくまれているだけでした。でも、岩石の中にふくまれていた「ナトリウム」という塩のもとが、だんだんとけ出してきて、この塩酸とくっつくようになりました。

塩酸とナトリウムがくっつくと、「塩化ナトリウム」になります。これは塩のこと。つまり、海の中で塩ができたというわけです。

おはなしクイズ

海の水がしょっぱいのは、海の水になにがとけているから?

281ページのこたえ ①オリザニン

寒いとき息が白くなるのはなぜ？

口からはいた白い息は小さい雲!?

寒い冬の日は、はぁ〜と手のひらにはいた息が白くなります。まるで、口の中から、けむりが出ているようですね。この白い息は、けむりではなく、じつは小さい雲なんです。雲？　そう、中身は雲と同じで、水のつぶの集まりなのです。

息の中には、水分が蒸発した「水蒸気」がふくまれていますが、ふだんは見えません。でも、寒い日には、この水蒸気がからだの中で温められた息といっしょに外に出るとき、外の冷たい空気に一瞬で冷やされて、水のつぶにかわります。このつぶが光を反射して、白く見えるのです。

口から小さい雲がとび出していたと思うと、楽しいですね。

水蒸気が変化するためには、温度差が必要です。夏は気温が高いので、はいた息との温度差があまりありません。そのため、冬のように息は白く見えないのです。

白い息と同じようなものに、やかんの口やおふろから出ている湯気があります。ふっとうした水蒸気が、やかんの口から出ると、外の空気に一瞬で冷やされて、水のつぶにかわり、白く目に見える湯気になります。おふろの湯気も同じですね。お湯から蒸発した水蒸気が、まわりの空気で冷やされて、湯気になるのです。

家の中に、白い息や、湯気ににたものがほかにもあるのでしょうか？

家の中の空気と温度の差が大きいところにありそうですね。

冷凍庫が、そうです。冷凍庫を開けたときに、白いもやもやが出ます。これも、冷凍庫のまわりの空気中にある水蒸気が、急に冷やされて、目に見える水のつぶになったものなのです。

おはなしクイズ
口から出た白い息は、空にある、なにと同じ？

283ページのこたえ 塩

285ページのこたえ 雲

人のからだは、どうなっているの？

この本の中では、人のからだのひみつや、しくみについてのお話も紹介しています。からだは、どのようなつくりなのでしょう。

頭のつくり

人の頭の役割を見てみましょう。

目
見たものの、形や色などがわかる。

大脳
目や耳、口、鼻などで得た情報がとどくところ。からだを動かすための命令を送る。

小脳
からだのバランスをとったり、動きをおぼえたりする。

鼻
呼吸をし、においを感じる。

口
話したり、味を感じたりする。

脳幹
体温や呼吸などの調節をしたりする。

耳
音を聞いたり、からだのバランスをとったりする。

イラスト：鶴田一浩

からだの器官

からだのおもな器官と役割を紹介します。

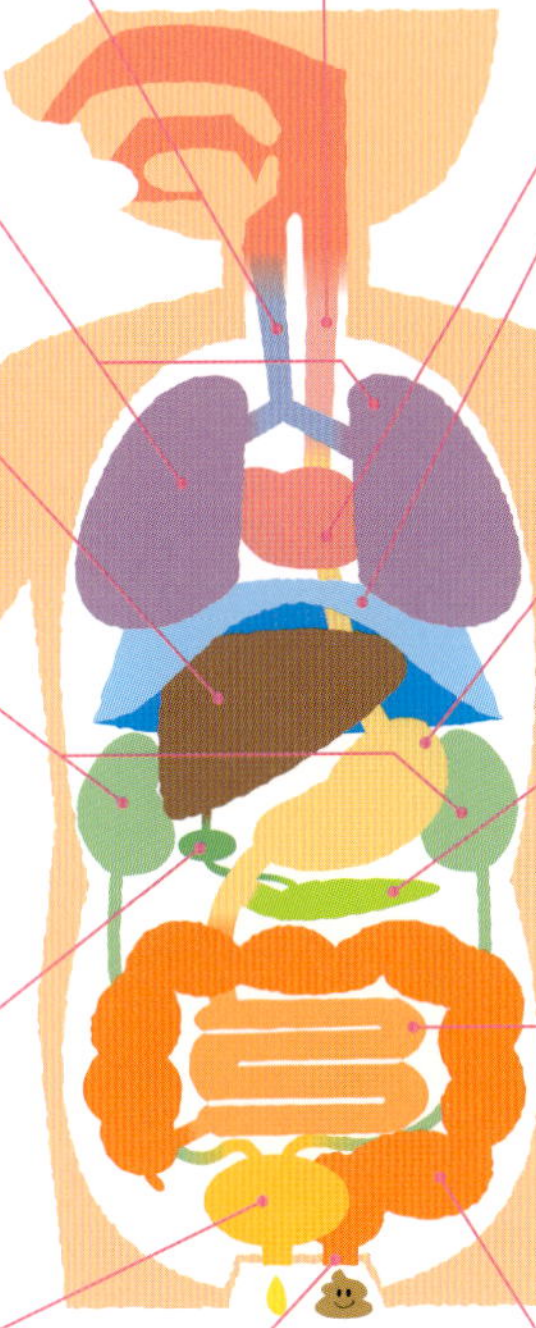

気管
鼻や口で吸った空気を肺へ送る。

肺
空気の出し入れを行う。

肝臓
吸収した栄養を、からだに合わせてつくりかえる。

じん臓
血液の中のいらなくなったものを、おしっこにして、ぼうこうへ送る。

胆のう
肝臓でつくった液をたくわえる。

ぼうこう
おしっこをためて、外へ出す。

食道
口から入ってきた食べものを、胃にとどける。

肛門
うんちを外へ出す。

心臓
血液を、からだ全体に送る。

横かく膜
肺の呼吸を助ける。

胃
入ってきた食べものを、どろどろにする。

すい臓
栄養を吸収し、食べものをとかす液をつくる。

小腸
食べものをとかし、栄養を吸収する。

大腸
食べものの残りカスから、うんちをつくる。

執筆	麻生かづこ／天沼春樹／いしいいくよ／大橋 愛／加藤千鶴／上山智子／川村優理／ささきあり／髙木栄利／千葉裕太／長井理佳／西潟留美子／野村一秋／林 志保／飯野由希代／深田幸太郎／福 明子
イラスト	いけだこぎく／柿田ゆかり／鴨下 潤／河原ちょっと／神林光二／くどうのぞみ／これきよ／斎藤昌子／ささきみお／すみもとななみ／タカタカヲリ／高藤純子／たなかあさこ／常永美弥／鶴田一浩／とくだみちよ／野村たかあき／ひがしあきこ／間宮彩智／三本桂子／八木橋麗代
装丁イラスト	菅野泰紀
装丁・本文デザイン	横山恵子／大場由紀(株式会社ダイアートプランニング)
校正協力	月岡廣吉郎
編集協力	株式会社童夢

ポケット版 考える力を育てるお話100

名作・伝記から自然のふしぎまで

2015年8月25日　第1版第1刷発行
2016年6月10日　第1版第2刷発行

編　者　PHP研究所
発行者　山崎　至
発行所　株式会社PHP研究所
東京本部　〒135-8137　江東区豊洲5-6-52
児童書局　出版部　TEL 03-3520-9635(編集)
普及部　TEL 03-3520-9634(販売)
京都本部　〒601-8411　京都市南区西九条北ノ内町11
PHP INTERFACE　http://www.php.co.jp/
印刷所
製本所　図書印刷株式会社

ISBN978-4-569-78485-4

287P 16cm NDC900